地底アパート入居者募集中!

蒼月海里

ポプラ文庫ピュアフル

地底アパート
入居者募集中!

目次

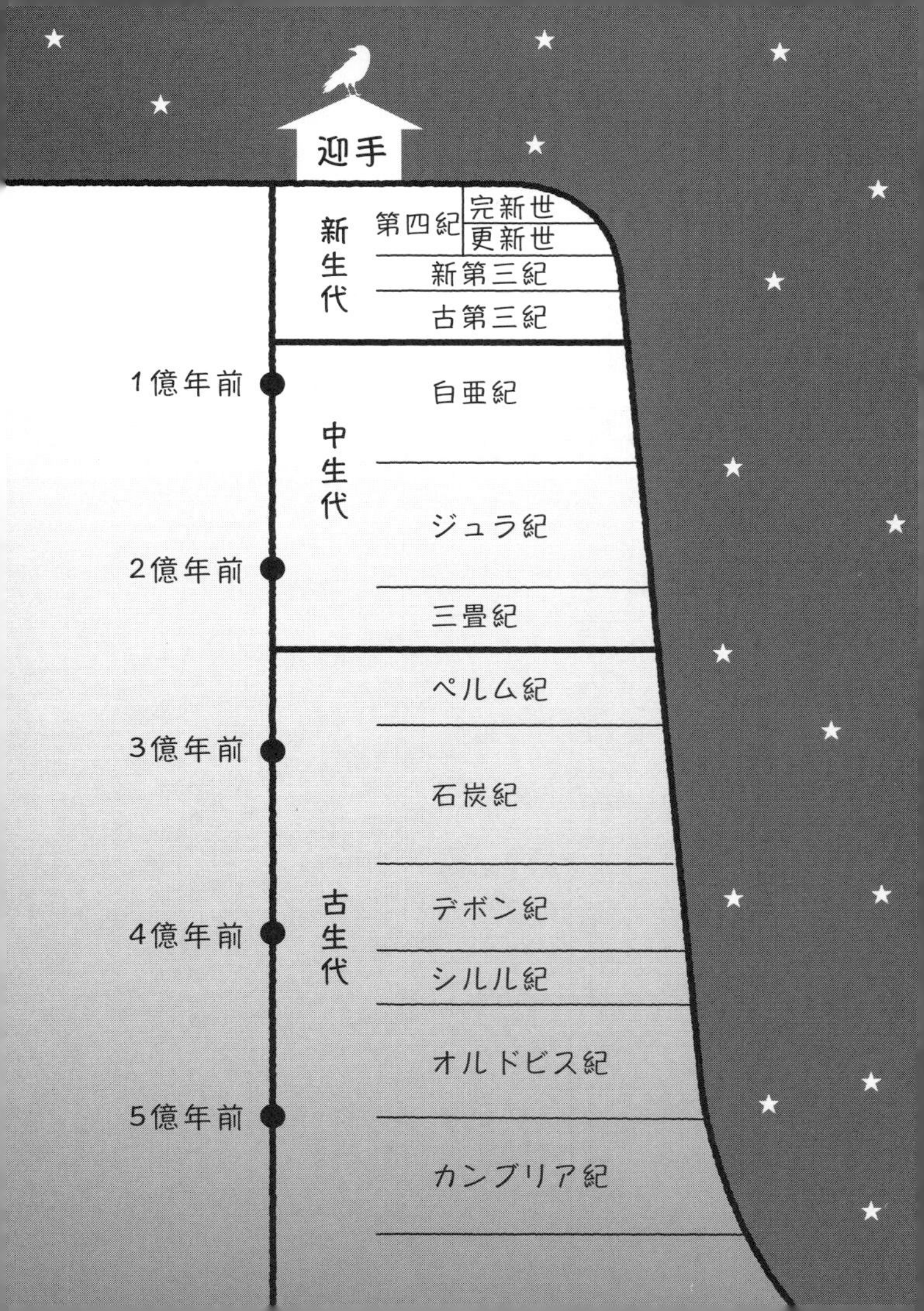

迎手
新生代
第四紀
完新世
更新世
新第三紀
古第三紀
1億年前
中生代
白亜紀
ジュラ紀
2億年前
三畳紀
ペルム紀
3億年前
石炭紀
古生代
デボン紀
4億年前
シルル紀
オルドビス紀
5億年前
カンブリア紀

ねぇ、大旦那《カミサマ》。

人間は相変わらず、理性とやらを持っているのに、欲望の赴《おもむ》くまま、獣のように振る舞っている。最近では、あなたの存在を否定する輩《やから》も少なくないとか。

ひどいと思いませんか？

あなたの存在が己《おのれ》を救う手立てになるというのに、それすらも拒《こば》むという。私には、全く理解できませんね。


へぇ、それでも、人は向上をするものとおっしゃるのですか。常に、天上を目指すというのですか。

あァ、あの方がそうでしたね。私を捨てたあの方が。

あの方は例外でしょう。

普通ならば、目的を達したら堕落してしまうと思うのですがね。

そう、やつらは、常に墓穴を掘っているのです。いずれ、自らの手でコキュートスに通じる穴をあけますよ。

まァ、今度こそ実証してやりましょう。

舞台は、あの、信ずるものが混乱している国がいい。八百万《やおよろず》の神と言ってますが、一体、何に祈っているんだか。

大旦那はそこで見物をしていてくださいな。

そうそう。SNSのアカウントは持ってます？　アカウントを交換すれば、私は地上に居ながらにして、大旦那とお話出来るんですがね。

ああ、実名登録はしたくない？　いえいえ。ハンドルネームでも構わないSNSなら、たくさんありますよ。ほら、タブレット端末を出して。おっと、ガラケーじゃあアプリをダウンロード出来ませんね。残念。

いえいえ、物持ちがいいって素敵なことではありませんか。決して、時代遅れと申し上げているわけでは。


まあ、いいでしょう。全知全能の大旦那にはSNSなんて必要ないでしょうし。

では、気を取り直しまして――。

このメフィストフェレスめが、楽しい見世物をお目にかけましょう。

第一話　潜入、地底アパート！

実家を追い出された。

うちでネットゲームばかりやっているのが災いしたのか、「大学生になったんだから一人暮らしをしろ」と言われてしまった。

可愛《かわい》くてしっかり者の妹が、物件を探してくれていた。さすがに、契約は親がやったらしいけど。

そのアパートは、『馬鐘荘《うまかねそう》』という。名前からして昭和のにおいがプンプンしていた。

「お兄ちゃんはネットゲームしかやらないから三畳《じょう》で充分だろうけど、情けをかけて六畳の部屋を探しておいてあげたわ」と言って、間取り図とアパートまでの地図をくれた。「お兄ちゃんは磨《みが》けば光るタイプなんだから、東京でバイトでもやって、可愛い彼女でも見つけなさい」と余計なひと言まで添えて。

しかし、ボストンバッグに入る程度の荷物を抱えた僕は、現地の池袋《いけぶくろ》で途方に暮れていた。

七月。蟬《せみ》の声がジイジイと煩《うるさ》い。アスファルトも焼けた鉄板のように熱い。風なんて熱風だ。滴《したた》る汗を拭《ぬぐ》いながら、契約の書類を見やる。

僕の部屋は二階らしい。

しかし、どう見ても、該当する住所にあるのは、平屋の建物だった。


雑貨屋『迎手《ゲーテ》』。

腹が立つほどに白い雲の下にたたずむ平屋の建物には、そんな看板が堂々と掲げられていた。イモリだかヤモリだかトカゲだかの装飾が施されていて、どことなく胡散《うさん》臭《くさ》い。

場所は西池袋。路地裏には飲み屋が密集し、夜になると怖いおにいさんが闊歩《かっぽ》する場所だ。僕はこの近くの大学に通っているので、帰りが遅くなった日には震えながら駅を目指していた。埼玉の実家に向かう埼京《さいきょう》線に乗るまでは、油断が出来ない。

目の前の建物は、ビルの隙間に挟まって小ぢんまりとしているけどシッカリとした煉瓦《れんが》造りで、どことなく中世ヨーロッパを連想させる。

「なんだっけ。今流行《はや》りの、北欧風?」

いや、なんか違う気がする。

「それにしても、住所はここなんだけどなぁ」

タブレット端末で確認する。文明の利器たるＧＰＳ様も、ここで合っていると言っている。

「まあ、店の人に聞いてみるか」

小ぢんまりとした庭には、めいっぱいガーデニングがなされていた。玄関につながる径《みち》を除いて、緑一色だ。ハーブっぽい植物が畑にびっしりと植えられていたり、毒々しい色の花が風に妖《あや》しく揺れていたりしている。

「大丈夫かな、ここ……」

その先で、真っ黒な木製の扉が僕を迎える。扉にはこう書かれていた。

『この扉を開ける者は一切の希望を捨てよ』と。

「うっわ、なんだこれ」

『神と和解せよ』と同じ、ごつい書体で書かれている。その隣には、『安眠香《あんみんこう》入荷しました』と、丸いポップな文字が書かれた張り紙があった。ご丁寧に、ゆるい羊のイラストなんかが描かれている。

ひどい温度差だ。というか、安眠香とやらを購入するのに一切の希望を捨てないといけないなんて、ハードルが高すぎる。

「いや、でも、そういうコンセプトの店なのかもしれない。なんとなく魔法っぽい雰囲気がするし、魔女の家を模した雑貨屋さんとか……」

あるある。池袋ならば、きっとある。何せ、休日にコスプレをした人達が歩いていたり、執事に扮したウエイターが接客をする執事喫茶なるものがあったりする土地だ。魔女雑貨店なんていうものがあってもおかしくない。

僕は自分にそう言い聞かせて、扉のノブをひねった。もちろん、希望は捨てていない。

この先にはきっと、魔女っぽい雰囲気を醸《かも》し出しつつもファンシーな雑貨屋さんが待っているはずだ。安眠香というのも、アロマグッズの類《たぐい》に違いない。現に、張り紙は女の子が書きそうな文字じゃないか。ちょっと変わり者だけど愛らしい店員さんがいるに違いない。

ゴシックな衣装を着た美人な女性店員さんに想いを馳せながら、そっと扉を開く。

蝶番《ちょうつがい》の軋《きし》む音がなんとも不気味だ。

「御免くださ……くさっ！　ごめんくさっ！」

臭気が僕の鼻を衝《つ》く。アロマの香りなんてなかった。ドクダミと正露丸《せいろがん》を足して二を掛けてしまったようなにおいだ。

店内は薄暗く、ぼんやりとしたランプが灯《とも》っているだけだった。幾何学模様の絨毯《じゅうたん》が敷かれ、その上には書物やら謎の箱やらが無造作に積まれている。壁に面してぐるりと設置された棚の中には、正体不明の瓶がずらりと並んでいた。紫色の液体や、黒い爬虫類的な生き物が詰められている。天井から吊るされた黒い物体は、烏《からす》だろうか。もちろん、お亡くなりになられている。

どう見ても、本物の魔女の家だ。

奥の壁は本棚になっていた。その前にある机にはフラスコやら試験管やらが所狭しと並んでいた。

「いやァ、いらっしゃいませ。惚れ薬からマスキングテープまで。雑貨屋『迎手』にようこそ」

フラスコの向こうから声がする。見ると、すっと若い男の人が立ち上がった。すらりと背が高く、黒服をまとっている。ベストをきっちりと着込んだ、フォーマルな姿だった。シルエットはモデルさながらで、顔立ちもきっちりと整っている。だが、どう見ても、魔女でもないし女性店員でもない。

「マスキングテープ……？」

「やだなァ。女の子の間で流行ってるじゃないですか。かわいいマスキングテープで、スケジュール帳やノートをデコるんですよ。こんな風に」

その男の人は、フラスコに埋もれた机の上から黒いノートを取り出す。ノートは、白いレースやピンクのドット柄のマスキングテープで徹底的なまでにデコレーションされていた。

「それは、あなたが？」

「勿論」と、男の人は柔和に微笑《ほほえ》む。

「女子力高っ！」

「ちなみに、マスキングテープのコーナーはこちらですね。おひとつ百円ですよ。いかがです？」

「安っ！　でも、マスキングテープなんて使わないし！」

黒魔術めいた店内におよそ似つかわしくない白のワゴンに、ずらりとマスキングテープが並べられている。無地のものや、シンプルな柄のもの、動物やキャラクターが描かれているもの、なんでもある。恐ろしくラインナップに富んでいて、思わず見入ってしまうほどだ。

その横には、スイーツを模した文具なんかも売っている。ロリポップキャンディーが大量に立ててあると思ったら、ボールペンだった。

その他にも、怪しげな魔法グッズに紛《まぎ》れて、パステルカラーのマグカップやら手編みと思《おぼ》しきストラップやらが売られている。

「まぁ、マスキングテープを使わなそうな顔をしてますしねェ。ああ、それとも、恋のライバルを毒殺するためのおくすりが必要ですかね。殺すとお上に怒られるので、三日ほどお腹を下す程度の効果ですが……」

「それはそれで生き地獄だから！」

「それとも、モテるためのおくすりですかね？　なんだか、そういうのが欲しそうなオーラを醸し出していらっしゃる」

「余計なお世話です！」

男の人はつかつかと歩み寄る。目が細くなるくらい、にこにこと笑顔をはりつけていた。完璧な営業スマイルだ。さすが都会人、埼玉の奥地とは一味違う。

「だいたい、その、胡散臭い品々はなんですか……。警察に取り締まられたりしないんですか？」

「心配ご無用。私の薬、使用しても証拠が残らないんですよ」

さらりと恐ろしいことを言う。そんな彼に、こちらを見つめられてドキッとした。

遠目だと意識していなかったけれど、目がやけに鋭い。爬虫類じみた、捕食者の瞳だ。そのくせ、唇がやけに艶《つや》やかで、危うい色香を醸し出している。

「どうしました？」

「い、いえ。なんでも、ない、デス」

「はぁ、それならいいのですが」と、しきりに首を横に振る僕を、男の人は受け流した。

「ま、ここにあるのは他愛のない品々ですよ。私、魔術が本業なんですがね。ある方の影響で、錬金術も嗜《たしな》んでおりまして。こうやって新作を作っては店に並べているわけです」

普段は銀行員をしておりますが、華道も嗜んでおります。と言わんばかりの気軽さで、その男の人は言った。魔術って何だ。そういう設定なのか。

視線の先には、怪しげな薬瓶が並んでいる。髑髏《どくろ》マークのラベルが貼られた、あからさまに危険そうな薬瓶もあった。

「あれって……」

「お試しになりますか？」

「先に効能を教えてください！」

ずいっと迫る男の人に、手の甲でツッコミをする。

「いやァ、秘密にしていた方が楽しんで頂けるかと思いまして」

「そんなドッキリいらないですし……」

ガックリと項垂《うなだ》れる。

そう言えば、何しに来たんだっけ。けっして、茶番をやりにこの胡散臭い店に入ったわけではないはずだ。

「……そうだ」と握りしめていた紙を開く。忘れかけていた当初の目的を思い出した。

「僕、この家を探しているんです」

開いてみせた地図を、男の人はまじまじと見つめる。

「もう一方の紙は？」

「あ、これは探している家の間取り図なんですけど……」

もう一方の紙も見せる。けれど、こちらは必要ないだろう。外から見えない部分だし、これで分かるのは大家さんや不動産屋さんくらいだ。

「ああ！」

二つを見比べた男の人は、顔を輝かせた。

「心当たりがあるんですか？」

「これ、うちですよ。うち」

「は？」

思わず聞き返す。

「うちのアパートですよ。お探しの家が見つかって良かったですねェ」

男の人はぽんと肩をたたく。どうやら、地図を見間違ったわけでも聞き間違えたわけでもなかったようだ。

「えっ、ここが、馬鐘荘《うまかねそう》?」

「いいえ、『馬鐘荘《バベルそう》』です」

人間の傲慢《ごうまん》と不吉の申し子のような名前だった。

それはともかく。

「ちょ、ちょっと待ってください。僕の部屋は二階って書いてあるじゃないですか。でも、ここって二階は無さそうだし……」

間取り図の『二階』と表記された部分を指す。けれど、この建物はどう見たって二階が存在しない。

「ありますよ、二階」

男の人はあっさりと言った。

「入居者とあらば、ご案内しなくてはいけませんねェ。さ、こちらです」

男の人は店の奥に僕を通す。廊下があり、その途中に扉がいくつかあった。店主の居住スペースなんだろうか。その突き当たりに、木製の扉があった。

「アパートはこの先です」

「この先って……」

階段でもあるんだろうか。もしかしたら、違う建物につながっているのかもしれない。

雑貨屋に入る前に見た外観を思い出す。

三方は高い建物に囲まれていた。オフィスビルっぽかったけど、マンションだったんだろうか。そして、この雑貨屋と繋《つな》がっていたんだろうか。

でも、そう楽観するには、相手が胡散臭すぎた。さっきから、笑顔をずっと崩さないし、ジャケットのポケットからはみ出したペンは、淡いピンク色でハートのチャームなんかもついていて、無駄に女子力が高い。

もし、期待を裏切るようなボロ階段が待っていても、怪しげな装飾が施された廊下が続いていても、絶対に驚かない。

そう、腹を決めて、扉が開かれる様子をじっと凝視していた。

「さて、ここからが、あなたが探していたアパートで御座います」

「え、えええええっ！」

思わず声を上げてしまった。

扉を開いた先には、石の階段が続いていた。ただし、地下に。

階段の下の方は薄暗く、よく見えない。入り口にはカンテラが吊るしてあった。

「これは電池式なのでご安心ください。火を使うと火災報知機が感知してしまいますからね。いやはや、今はどこにでも火災報知機をつける義務が課せられて、面倒くさいったらありゃしない」

「いやいやいや、ちょっと待って。待ってくださいよ！」

「あれ？　おタバコを吸われます？」

「そうじゃない。そうじゃないです！」

男の人に詰め寄り、間取り図をずいっと突き出した。

「ここに、二階って書いてあるじゃないですか！　なのに、何で地下なんです!?」

「はっはっは、嫌だなぁ」

男の人は明るく笑うと、懐《ふところ》からルーペを取り出す。

「よーくご覧下さい」

『二階』と書かれた横に、見逃してしまいそうなくらいに小さくこう書かれていた。

『地下』と。

「ち、地下二階……!?」

「ええ。これから鍵をお渡ししますからね。今後とも、よしなに」

「えっ、えっ……？」

「ああ、私の名はメフィストフェレスと申します。長いので、メフィストとでも呼んでください。メフィさんでも構いませんがね」

メフィストフェレスと名乗った男の人は、ぱちんとウインクなんてしてみせる。何処《どこ》かで聞いた名前だ。嫌な予感すら覚える。

「では、よろしくお願いしますよ。葛城《かつらぎ》一葉《かずは》君」

改めて、名を呼ばれた。「は、はい……」と頷《うなず》くことしか出来なかった。

「くれぐれも、契約を放棄して逃げないで下さいね？　もし、そうなったら――」

メフィストさんは細めていた目を開き、爬虫類みたいな表情でこちらを見やる。まるで、マジで獲物を捕らえる三秒前の蛇《へび》みたいだった。

蛇穴。地下に通じる階段を見て、そんな言葉を連想した。

そんな時、背後のお店の方が急に騒がしくなる。客が来たのだろうか。

「メフィさーん。遊びに来たよー」

若い女子の声だ。高校生だろうか。あの魔術的な空間には似合わない、近所の雑貨屋に遊びに来ちゃいましたと言わんばかりのノリだ。いや、雑貨屋だから間違ってはいないんだろうけど。

「はいはーい。今行きますよー」

メフィストさんのノリも限りなく軽い。

「ブログで安眠香の新作が出来たっていうから、来ちゃった」

「あっ、マスキングテープの新作がある。かわいー」

女子達は僕の気も知らず、きゃっきゃと盛り上がっている。

「ブログ、やってるんだ……」

そんな中で辛うじて口から出たのは、そんな一言だけであった。

地下二階の二〇二号室。

それが、僕に与えられた部屋だった。

石の階段を降りると、ひんやりとした空気が頬《ほお》を撫《な》でる。暑さに茹《ゆだ》った身体《からだ》に心地よい。土の中は、夏は涼しくて、冬は暖かいと聞いたことがあるけれど、それと同じなんだろうか。

壁はしっかりとしていたが、色からして、どうも土のように見えた。しかも、ミルクレープみたいに、層になっている。

「何だ、これ。地層なのか……」

よく見ると、貝がぎっちりと埋まっている層がある。貝塚の跡なんだろうか。地層は、地中深くに行くにつれて、昔の時代のものとなるのだという。この下に行けば、恐竜やマンモスの化石なんかが埋まっていたりするんだろうか。

そんな馬鹿な。というか、そんなに深くてたまるか。

地下二階に辿り着くと、やたらと長い廊下が僕を迎えてくれた。同じような扉が、延々と続いている。

「一体、何号室まであるんだろう……」

階段からすぐの部屋が二〇一号室で、その隣が二〇二号室。そして、二〇三、二〇四と続いている。

天井の照明が薄暗いせいか、果ては闇に包まれて見通せない。いや、むしろ、果てなんてないんじゃないか？

ふと、奥から人影が近づいて来るのに気付いた。この地下アパートの住民だろうか。

ます。

「あ、あの」

こんにちは。初めまして。今日からここでお世話になるので、よろしくおねがいし

そんな風に爽やかに挨拶をしようという目論見《もくろみ》は、霧散した。やって来た人物は、不審な男だったからだ。

こんな日なのに、厚いジャンパーで身を隠し、やけにギラギラした目で、しきりに辺りを見回している。目は落ちくぼみ、瞳は濁《にご》っていた。

「ひっ」

しかも、悲鳴を上げられた。男は回れ右をすると、慌《あわ》てて立ち去っていく。消えゆく足音だけが、むなしく響いていた。

一体、僕が何をしたというんだ。背中におばけでもくっつけていたというのか。

「どうしよう。こんなんで、大丈夫なのか……?」

本当に、今日からここに住まなくてはいけないんだろうか。正直言って、今すぐにでも実家に戻りたい。そのためなら、妹に罵《ののし》られて踏みつけられることも厭《いと》わない。

お隣さんの二〇一号室の入り口を見やる。

扉が固く閉ざされているだけで、生活感は全くない。玄関先に植物があったり、傘がかけてあったり、とにかく、何かが置かれているわけではない。

一体、どんな人が住んでいるんだろう。

これでもし、可愛い女子大生や、美人なキャリアウーマンなんかが住んでいたら、こんな地下の胡散臭いアパートでも喜んで住まうのに。

そんな時、まさにタイミングを見計らったかのように、ドアノブが回り、扉がギィと開く。

女子大生か。キャリアウーマンか。百歩譲って、一人暮らしの女子高生でも許す！

しかし、現れたのは男だった。

「…………」

無言でぬっと顔を出した男の背は高く、つい、見上げてしまう。しかも、悔《くや》しいことに、イケメンだった。

年齢は僕と同じぐらいだろうか。目鼻立ちは完璧なまでに整っていて、雰囲気はクール、というより、無機質だった。超美麗なコンピューターグラフィックスで描かれた最新ゲームのキャラクターが、ゲームの世界から飛び出して来たみたいだった。

こちらも外は真夏日だというのに、真っ黒なミリタリージャケットをまとい、手には真っ黒なグローブをはめている。これで、剣や妙にカッコいいデザインの銃を持っていたら完璧だ。崩壊した東京を舞台に、悪魔と戦う戦士と言われても、すんなりと信じてしまうだろう。しかし、東京は崩壊していない。

「生物認識」

僕を見たイケメンは、クールな声で流暢《りゅうちょう》にそう言った。

そう。僕は生き物だ。それを認識したのなら、間違ったことは言っていない。

「分類、知的生命体。会話を試みる」

僕を知的生命体とカテゴライズしたらしい。結構なことだ。しかも、会話をすることを予告までしてくれている。つまり、今までのは完全に独り言だったらしい。

「問う。お前は何者だ」

「それはこっちの台詞《せりふ》だ！」

クールなイケメンに、思わず手の甲でツッコミをしてしまった。

「さっきから、ブツブツと怪しげな独り言を言ってくれちゃってさ！　あれか。キャラづくりか！　この感じからして、ロボキャラか！」

「なぜ、俺がアンドロイドだと見抜いた」

イケメンはあくまでもクールに、というか無表情に尋ねる。

「やっぱり、それ系のキャラか。だって、行動を逐一報告するなんて、そういうキャラの定番じゃん。でも、僕は思うんだよね。自動販売機だって、『ボタンを押されたのを認識しました。おしるこドリンクを出します』なんて言わないし。つまり、アニメやゲーム――フィクション限定のお約束だってわけ」

「自動販売機は行動パターンが限られている。だが、我々はヒューマノイド性を高めるために、複雑な行動が可能となっている。ゆえに、利用者及び周囲の人間に次なる行動を告知することが義務となっている。そうすれば、人間は我々の行動を予想しながら行動が出来るからだ」

あっさりと論破されてしまった。

「さっきのも、『会話を試みる』って言っておけば、話しかけられてもビビらないって思ったわけ？」

「そうプログラムされている」

自主的な気づかいではないと、イケメンは暗に述べた。

「まあ、どんな設定でもいいや。僕は葛城一葉。隣の二〇二号室に住むことになったみたい。ま、お隣さんってわけ」

「お隣さん。——隣人。住居が隣となる相手」

イケメンはふむふむと頷く。自分の中で、納得がいく言葉に変換されたらしい。

「あのさ。いちいち、声に出すっていう設定を忠実に守らなくてもいいんじゃない？独り言が多いと、その……変だし」

「変。異常に見える」

イケメンは、やはり自分語に変換していた。

「葛城カズハは、告知設定をオフにすることを望んでいるということか」

「そんな大層なものじゃないけど、その、やめてもいいんじゃないかなと思って。面倒くさいだろうし」

「告知機能をオフにする」

イケメンはあっさりと言った。そして、唐突にこう述べた。

「俺は、ＭＡＸＩＭＵＭ《マキシマム》－β１７《ベータセブンティーン》だ」

「ま、マキシ……？」

いまいち頭に入らない。

「葛城カズハは俺をマキシと呼ぶのだということを認識した」

しかも、中途半端なまま認識されてしまった。というか、告知機能がオフになりきってないぞ。

「まあ、いいや。その方が呼び易そうだし」

それに、本当に真岸さんかもしれない。

真岸真夢。なかなかのキラキラネームだ。

「あと、僕のことはフルネームじゃなくてもいいからね？　葛城でもいいし、一葉でもいいし」

「では、カズハと呼ぶ」

「ん。よろしく」

「よろしく」

マキシは無表情に復唱した。

「それじゃあ、また。分からないことがあったら、教えて貰いに行くかも。ゴミの出し方とか」

『ゴミの出し方』を説明する。不用品をまとめ、回収日の朝に既定の場所へと設置すればいい。不用品は主に、可燃ごみと不燃ごみと資源の三つに分類され……」

「いやいや、今はいいから！　忘れちゃうし！」

「了解した」

マキシはきっちりと口を噤《つぐ》んだ。

「……」

「…………」

無言。僕らの間に沈黙が走る。

「そ、それじゃあ、また……」

気まずさに耐え切れず、僕が先に折れた。メフィストさんから借りた鍵を使い、二〇二号室の扉を開く。

「また」

瞬き一つしないマキシに見送られながら、僕は部屋に潜り込んだ。ぱたんと扉が閉まる音に胸をなでおろす。

「やばい、おかしなタイプの隣人だった……」

そもそも、あんな完璧過ぎるイケメンが、どうしてこの胡散臭い地下アパートに住んでいるんだろうか。やっぱり、変だからなんだろうか。

大家が変。住民が変。隣人も変。

これはいよいよ、実家にUターンしなくてはいけなくなってきた。

「いや、待てよ。今帰っても、また追い出されるだけだろうしな。今度はきっと、ネットゲームのアカウントを消される……」

ふと、あることに思い至った。こちらでもネットゲームは出来るのだろうか。

玄関からは、まず、キッチンが見えた。キッチンと言っても、廊下に流し台とコンロがあるだけだ。向かい合うように、二つの扉が見える。トイレと風呂場だろう。突き当たりには、襖《ふすま》があった。

「よいしょ……」

靴を脱いで廊下に踏み入り、襖へと手を伸ばす。その先には、畳《たたみ》の六畳間があった。

座卓と小ダンスと本棚が置かれている。座卓の上には、ノートパソコンが載っていた。家具は備え付けと書いてあったけれど、ノートパソコンまであるとは有り難い。

「ネットゲーム、ネットゲーム！」

すぐに飛びつく。座卓の隣にはモデムがあった。そこから、ノートパソコンに線が繋がっている。インターネットが出来るに違いない。

「よしよし。これで存分にネットゲームが出来るぞ……！」

むしろ、家族に邪魔されずにネットゲームが出来るなんて、最高の環境じゃないだろうか。「ネットゲームなんてやってないでバイトしろ」とか「外に出ろ」とか、「彼女作れ」とか、そんな余計なことを言われずに、のびのびと暮らせるのだ。

地下であろうと、大家が胡散臭かろうと、隣人が変であろうと、ネットゲームさえ出来れば、全く気にならなかった。

さて、早くログインしなくては。きっとこうしている間にも、パーティーを組んでいた連中はレベルを上げているに違いない。そんな彼らの、足を引っ張るわけにはいかない。だからこそ、僕もレベルを上げる。そう、自分のためではなく、人のためなのだ。

ノートパソコンを開き、起動させる。ヴゥーンというモーター音が響く。なかなかに大きな音だ。きっとファンの音なんだろうけど、今時、ここまで騒がしいものはない。

一抹の不安が過《よぎ》る。時折、ガガッという異音が僕の胃を締め付ける。

そんな中、パソコンの画面にロゴマークが表示された。そこに書いてあった文言に、目を疑った。

『Ｗｉｎｄｏｗｓ98』。

「きゅ、きゅうじゅうはち!?」

ウインドウズ98の九八は、一九九八年の九八だ。

「な、何年前だよ！　っていうかこれ、使って平気なの？　セキュリティはちゃんとしてる？」

喚《わめ》けど叫べど、98である事実は変わらない。パソコンは緩慢に。実に緩慢に。永い眠りから目覚めたみたいに、のんびりと起動する。

遅い。圧倒的に遅い。とてもではないけど、ネットゲームが出来るようには見えない。ログインすれば処理落ちでフリーズしそうだし、そもそも、ゲーム自体をインストールできるかすら危うい。

「ああ、終わった……」

エンドオブ、僕のネットゲームライフ。

異音を発しながら、必死に起動するノートパソコンを前に、僕は力なくくずおれたのであった。


大家が変。隣人も変。しかも、ネットゲームも出来ない。

僕はそんな現実と戦わなくてはいけなかった。本当なら今頃、パソコンの向こうで限定イベントのボスキャラクターと戦っていたはずなのに！

こうなったら、真面目《まじめ》に大学へ行き、真面目にバイトをしなくてはいけない。

「それでいいじゃない。健全な人間に戻りなさいよ」

いつの間にか、妹がいた。黒い髪を両サイドで結った、ブレザー姿がまぶしい女子高校生の妹が。

「お兄ちゃんは彼女のひとりでも作るべきなのよ。そしたら、そんなに怠惰な生活をしなくなるわ」

「お前、どうしてここに。っていうか、そこまで怠惰な生活はしてねーよ」

顔は可愛く中身は生意気な妹は、「はっ」と鼻で嗤《わら》った。

「うちにいる時はネットゲーム三昧《ざんまい》じゃない。大学に自己推薦で通った瞬間、タガが外れたみたいにパソコンに向かい出しちゃってさ」

「……だって、受験勉強をしなくてもよくなったんだぜ。遊びたくもなるさ」

そんな僕を、「ばっかじゃない」と妹は一蹴《いっしゅう》した。

「早く大学が決まったのなら、入学の準備をするのよ。授業についていけるように勉強するの。課題も貰ったでしょ？　一度でも開いた？　開いたのはパソコンでしょ。こなした課題は、ネットゲームのミッションでしょ」

妹は早口でまくしたてる。

「今の授業だって、家で一度でも復習してる？　試験は間近だし、レポートの提出もあるでしょ？　それなのに、ネットゲームのイベントなんて気にしてていいの？」

「でもさ」

「でもじゃない！」

「……現実って勉強ばかりで、つまらなくない？　学生の時は勉強、勉強。就職したら、仕事、仕事。そんな人生って、楽しいわけ？」

反論したつもりが、もそもそと口の中で言葉を転がしただけになってしまった。

僕の言葉を聞いていたのか聞いていないのか、妹は「とにかく」と腰に手を当ててふんぞり返る。

「怠惰は罪。――いい？　罪なのよ。七つの大罪のひとつなの。神様が見たら激怒よ、激怒。断罪の雷《いかずち》がお兄ちゃんのパソコンに降り注ぎ、ネットゲームのアカウントを消滅させるわよ」

「神様の攻撃、的確すぎるだろ……」

「とにかく、これ以上罪を重ねるのはやめなさい。ネットゲームをやるなというわけじゃないの。ただ、帰ってくるなりパソコンにかじりついて、ご飯もパソコンの前で済ますのをやめて欲しいの」

「ど、どこで飯を食おうと、僕の勝手じゃないか」

「……お兄ちゃんは分かってないな」

妹は目を伏せる。長い睫《まつげ》毛が哀しげに揺れている。

はっとあることに気付く。もしかしたら、妹は寂しいのではないだろうか。

「お兄ちゃん、私が話しかけても、パソコンの画面ばっかり見てるでしょ。出てくる話題もネットゲームのことばかり。一方的に話すだけになって、つまらないよ……」

「二葉《ふたば》……」

二葉とは妹の名前である。

「ご、ごめん。ネットゲームよりも、もっとお前のことを見るべきだった。まさか、お前がネットゲームにやきもちを妬《や》いていたなんて」

「や、やきもちだなんて……！」

二葉の頬が赤く染まる。図星だったらしい。

「やきもちなんて……」

はにかむ様子が可愛らしいなと思う。その時であった。

「妬くか、バカー！」

渾身のパンチが僕の腹部に炸裂する。しかも、ご丁寧にスクリューがかかっていた。えぐるような見事なパンチだ。

「ぐはーっ！」

「気持ち悪い妄想をしてるんじゃないわよ！　くたばれ！　くたばってしまえ！」

「痛い、痛い！　馬乗りになったまま殴らないで！」

「問答無用！　言い訳無用！　貴様はどれほどの業《ごう》を重ねた！」

「何その口調！　ちょっと遅い中二病なの!?」

上体を起こそうとするも、二葉に顎《あご》を摑《つか》まれて押し倒される。とても、女子高校生の力ではない。


ゴッ、という音とともに、僕の目が覚めた。

見慣れない天井がある。そして、後頭部には薄っぺらい布団の感触がある。

そうだ。ネットゲームが出来ないことに絶望した僕は、荷物の整理もそこそこに寝てしまったのだ。

それにしても、解せないことがある。

「カズハの来訪により、深度は一気に深まったようだ。貴様は、どれほどの業を重ねた?」

なぜ、マキシが僕に馬乗りになっているのだろうか。

「な、なんの話だよ……」

顔を逸《そ》らそうにも、顎を摑まれているので動けない。マキシの握力は強く、僕の首の力なんかでは太刀打ちが出来ない。

「っていうか、どこから入って来たんだよ……!」

マキシは無言で背後を指さす。

玄関の扉は開いていた。チェーンは切断され、鍵が付いたドアノブは外れていた。

「ふ、不法侵入ー！」

「任務遂行のためならば、法律を犯すのも仕方がない」

「任務ってなんだよ！　男の寝込みを襲うことかよ！　ストーカー！　変質者！　メフィストさん、助け……もがっ」

助けを呼ぶ声は途中で掻き消された。マキシの手が、僕の口を塞《ふさ》いだからだ。

その手はやたらと冷たく、硬い。本当に人じゃないみたいだった。

「メフィストフェレスを呼んではいけない。奴に、このアパートを探っていることを悟られてはいけない」

「……！」

わけがわからないよ！　と抗議をしたいが、口を塞がれているので出来ない。兎《と》に角《かく》、訴えるような視線をめいっぱい送っておいた。

「来い」

そんな意図を汲《く》んだのか、マキシは僕の襟首《えりくび》を摑むと、無理やり体を起こさせる。

「百聞は一見に如《し》かずという言葉がある。ゆえに、お前には一見の機会を設ける」

「……一見の機会って」

一体、このストーカーは何を見せようというのだろうか。

「今、むちゃくちゃパジャマ姿なんだけど、着替えていい？」

「来い」

「パジャマで!?」

「来い」

問答無用だった。着替えようとすれば、そのまま引きずって連れて行かれそうな勢いだ。

僕は仕方なく、パジャマのままでついて行くことにした。

マキシは満足そうな顔をするでもなく、無表情で部屋の外に出る。僕は、パジャマにスニーカー姿で彼に続く。

廊下は静かだ。

時計を見たが、時刻は午前零時過ぎだった。僕達以外は、眠っているんだろうか。

固く閉ざされた扉の向こうからは、物音一つしない。入居者がいることすら疑わしい。

孤独感。それが、やけに胸を衝《つ》く。見知らぬ土地に来て、僕は一体何をやっているんだろう。

「はぁ……」

「どうした」

「いや、何とも言えぬ寂しさとむなしさを感じて」

「寂しいとは、孤独を感じるということだ。お前は今、一人ではない。なぜ、そう思う」

「ほぼ初対面のストーカー相手じゃ、一人も同然だって。これが友達となら、話は別なんだろうけど」

「友達」とマキシは無表情に復唱する。

「そ。マキシは僕とあんまり年齢が変わらないだろうしさ。これで変態じゃなかったら、友達になりたかったんだけど」

ぼやいてから、慌てて口を塞ぐ。本人の前でする話ではない。

だが、マキシは気を悪くした様子はなかった。というか、無表情だった。

「カズハは『友達』がいると孤独を感じない」

「まだ、独り言機能がオンになってるぞ」

ツッコミをするものの、マキシはお構いなしに顔を上げた。

「ならば、俺が『友達』になろう」

「人の話を聞いてた!?」

人の寝込みを襲うストーカーとは友達になれない。

しかし、マキシの目はあまりにも真っ直ぐで、澄んでいた。ガラスのようだと言っても過言ではない。とても、よこしまな気持ちがあるようには見えなかった。

「う……」

「どうした?」

「ま、マキシが友達になりたいなら、それでいいんじゃないか……?」

ふいっと顔を逸らす。

「わかった。俺は今から、カズハの『友達』だ」

相変わらず無表情だ。何を考えているのかよくわからない。でも、孤独を埋めようとしてくれたのだから、気遣ってくれているんだろうか。

マキシは再び歩き出す。目指した先は、入り口に続く石の階段だった。

階段が見えたところで、マキシは立ち止まる。僕は思わずぶつかるところだった。

「ど、どうしたんだよ」

「見ろ」とマキシは下層に続く階段を指さす。

「今朝は、下層へ行けなかった」

「えっ。それじゃ、階段が勝手に現れたってわけ？」

「そうだ」

僕は、昨日、部屋が地下という衝撃に気を取られ、階段の先なんて気にしていなかったけど、マキシが言うように、どん詰まりだった気もする。

「隠し階段なんじゃない？　ほら、忍者屋敷みたいな作りでさ」

「違う」

マキシはばっさりと否定する。

「じゃあ、本当に、勝手に階段が現れたとでも言いたいの？」

「特定の条件を満たしたから出現した」

「特定の条件？」

「業が深い人間の出現だ」

断言するマキシ。眉間《みけん》を揉《も》む僕。

全く話が通じない。少しばかり距離が縮んだように思えたのは錯覚だった。

もう、これは、自分の部屋に帰った方がいいんじゃないだろうか。鍵が壊された、あの部屋に。

「行くぞ」

「えっ、まだ歩くの!?」

部屋に逃げてしまいたかったが、どうせまた、マキシに連れ出されるに決まっている。ならばいっそ、彼の気が済むまで付き合ってやった方がいいのかもしれない。

マキシは階段を降りる。僕もまた、あとについていく。

業の深い人間。その単語が、妙に気になる。つまりは、罪深い人間ということだろうか。

そう言えば、夢の中の二葉は、怠惰は罪だと言っていたっけ。勉強もだいぶ怠《なま》けていたし、業が深い人間とは、まさに僕のことなんじゃないだろうか。

しばらく階段を降りると、地下三階についた。しかし、マキシは目もくれない。更に下に続く階段を降りる。

「一体、どこまで続くんだ……？」

地下四階、地下五階、地下六階を過ぎた。マキシは相変わらず無言で進んでいる。僕はそろそろ、靴の中にある裸の足の裏が痛くなってきた。

「なあ、マキシ」

「止まれ」

マキシは立ち止まる。僕もそれに従った。

ひたすら下層に降りていた僕らの前に、大きな扉が出現したのだ。

「うわっ……」

思わず声を漏らす。

下り階段は途切れている。つまりは、最下層だろう。十畳程度の空間に、ずずんと扉がそびえているのだ。

真っ黒に塗り潰され、扉には隅々まで所狭しと彫刻が施《ほどこ》されていた。不気味なことに、それはどれも人間の姿をしていた。憤怒に燃える人や、悲しんでいる人、苦しんで悶《もだ》えている人なんかが、扉に塗り込められるようにして彫られている。

「なんだ、この扉……」

「解析不能」とマキシは短く答えた。

「要するに、わからないってことか」

「そうだ」

マキシは頷く。

「開けるぞ」と真っ黒な扉に手をかける。そんなマキシの腕に、慌ててすがりついた。

「待って！」

「なぜだ」

「明らかに怪しげな扉じゃないか！　なんだか重要そうだし！　せめて、メフィストさんに断りを入れてからの方がいいんじゃないか？」

「メフィストフェレスに悟られてはいけない」

僕の制止を振り切ったマキシは、腕に力を込める。

扉は観音開きだ。ゴゴゴゴという大袈裟《おおげさ》な音を響かせながら、ゆるりと僕らに進路を譲った。

びょう、と冷たい風が吹き付ける。

「寒っ！」と思わず身を縮めた。

つい、目を疑う。なんと、そこは氷の洞窟だった。

「うわ……っ、なにこれ」

実に幻想的な光景だった。天井も左右も、全て氷で覆われている。表面はなめらかで複雑なカーブを描き、まるで、水の流れをそのまま凍らせたみたいだった。

何処からか零《こぼ》れる光を受けて、洞窟全体がきらきらと輝いている。不思議な青の光に照らされた洞窟を前に、夢でも見ているような気分だ。

「いやいや、夢だよ！」

自分にツッコミをする。

洞窟は巨大だ。天井は遥か上にある。アパートの三フロアか四フロアはすっぽり入ってしまいそうだ。けれど、そんな巨大な氷の洞窟が、都心のアパートの地下に眠っているとは思えない。

しかもそれが、一夜にして現れたなんて！

「一体、どうなっているんだ……」

「新生代第四紀、更新世《こうしんせい》の地層か。まさか、完新世を突破したとは」

マキシは一人で納得をしている。

「どういうことか、説明してくれる!?」

「完新世とは、地質時代区分のうちで最も新しい時代だ。カズハが生きている現代から、約一万年前の最終氷期終わりまでが分類される」

「やばい。何一つとして理解できない……」

「氷期とは、氷河期のことだ。氷河期というのは、地球が寒冷化して……」

「もしかして、マンモスなんかがいた時代のこと?」

平淡に説明するマキシに口をはさむ。すると、マキシは嫌そうな顔一つせず、頷いた。

「その認識で構わない」

「その地層って……」

「先ほどの扉があった『最下層』が地中深くに潜り、氷河期の地層に達した。だから、人の想い描く氷河期が再現された。そういうことだ」

「えっ?　ええっ!?」

どういうこと。と問う前に、マキシが口を開いた。

「足跡がある」

マキシが指さした方に、確かにあった。地面に当たる部分には、どこから入り込んだのか雪がうっすらと積もっていて、まだ新しい足跡が点々とついている。

マキシはしゃがみこみ、足跡を凝視した。

「成人男性。中背だが体重は重い。肥満ではなく筋肉質であるがゆえか」

歩幅やら体重のかかり方やらを測っているらしい。その足跡は、氷の洞窟の奥へと向かっていた。

それにしても、今の状況はどういうことだろう。

氷の洞窟は、どうやら本物らしい。体の芯まですっかり冷え、歯の根が合わない。指先の感覚が無くなってきた。

「……これは夢だ」

体の震えを止める。夢ならば、きっとこの寒さも幻覚だ。

「どうした、カズハ」

「寝直してくる」

回れ右をしようとする。だが、マキシの手が伸びた。

「待て」

「待ちません！」

「検証が終わっていない」

「こんなわけの分からないところにいられるか！　僕は部屋に戻って寝る！」

マキシの手を振りほどき、僕は走る。扉の方にいるマキシとは反対方向に。すなわち、氷の洞窟の奥に。

しまった。こっちに逃げてどうするんだ。

でも、もしこれが夢ならば、走っているうちに目が覚めるかもしれない。

「待たないのならば、連れ戻すまでだ」

背後でマキシが言った。嫌な予感がして振り返る。すると、積もった雪を舞い上げて、マキシが全速力で走ってくるではないか！

「速っ！　ジェットスキーかよ！」

ジェットスキーは水上を走るものであり、雪や氷の中は走行出来ない。そんなことは知っているけれど、そうとしか言えないレベルの凄《すさ》まじさだった。

「ひえぇぇ、助けてー！」

足跡を追うようにひた走る。その先に、人がいるかもしれないし、その人が助けてくれる可能性もあった。だが、僕の予想に反して人影は見当たらない。

氷で滑りそうになりながらも、身を隠せる場所を探す。足の感覚はすっかり無くなっていた。鼻も熱いくらいに痛いし、滲《にじ》んだ涙が凍りそうだ。

「と、とにかく、隠れないと」

そこで寝直せば、夢から覚めるだろうか。そんな淡い期待を胸に、あっちこっちにせり出した氷の塊《かたまり》の間をぬう。

「あそこならば……！」

ひときわ大きな氷の塊があるのに気付いた。

あそこに隠れよう。そう思って氷の塊の裏に回る。その時だった。

「あっ」

「あっ……！」

人がいた。

壮年の男だ。氷の中だというのに、厚いジャケットをまとっているだけだった。落ち窪《くぼ》んだ両目には見覚えがある。それは、廊下で遭遇した不審人物だった。足元を見れば、彼の足元まで、例の足跡が続いていた。

「えっと、その……」

変な男から助けてほしい。

相手も変な男でなければ、そう言いたかった。

男の落ち窪んだ目は妙にギラギラしていて、こちらを凝視していた。不審と警戒に満ち溢れている。

「俺を追って来たのか……！」

「へっ？」

そんなわけない。自意識過剰だ。僕はストーカーじゃない。

「くそっ、こんなところで終わってたまるか！」

自意識過剰な男の右手には、包丁が握られていた。

「ひえっ」

逃げようとするものの、腕を摑まれた。振り解こうにも、僕の軟弱な力では無理だ。

その時、マキシが言っていた言葉が脳裏をよぎる。

業が深い人間が出現したから、下層への階段が出現した。業とは、恐らく、生きている間の悪事を指す。

目の前の男は、明らかに異常だ。包丁を握りしめて人を捕まえるなんて、悪い人間以外にいるだろうか。

その瞬間、どーんという音とともに、目の前で氷が弾けた。

「カズハ」

マキシだ。雪に覆われた地面を物ともせずに踏みしめながら、こちらに迫る。こんなに寒いというのに、白い息一つ吐いていない。

「その男は何者だ」

「し、知らない！　っていうか、助けて！」

悲鳴をあげた瞬間、包丁が突き付けられる。絶体絶命だ。

「お、俺を追ってきやがったな!?　警察か！　それとも、あの胡散臭い大家の差し金か！」

「認証を開始する」

男の質問などそっちのけで、マキシは彼を凝視する。あのガラスみたいな目で、頭からつま先までを余すことなく見つめていた。

「照合結果が出た。本日午前十時五十二分、都内某区で銀行強盗が発生。職員が刺され、犯人は逃走中。防犯カメラに映った犯人像と、その男の背格好が一致する」

「そ、そんな情報を、いつの間に……」

男は息を呑む。どうやら、マキシの情報は間違っていないらしい。

しかし、マキシは、ただ立って男を見ていただけだ。何処からそんな情報を得たというんだろう。あのガラスみたいな両目で視界をスキャンして、無線のネットワークにつながり、情報を照合したとでもいうのだろうか。

それでは、まるで本当に、マキシが人ではない――アンドロイドみたいじゃないか！

「いや」と男は首を横に振る。

「警察の人間なら、このくらいの情報は知っているか……」

違う。マキシは二〇一号室の変な住民だ。けれど、僕の心の声が男に届くわけがなかった。

「俺は逃げ通してみせる。俺には、金が必要だ！　それに、人を殺しちまった……。もう、後戻りは出来ねぇ！」

鬼気迫る声が耳元で響く。包丁の切っ先が震えていた。きっと、その鋭利な刃で、職員を無慈悲に刺したのだろう。

僕も、職員と同じ末路を辿るかもしれない。けれど、マキシは無表情のまま、こちらを見つめていた。

「それにしても、どうしてここがバレたんだ。あの、メフィストとかいう男、俺をかくまうふりをして、警察に売りやがったな……！」

「メ、メフィストさんがあんたを入れたのか……？」

恐らく、僕が来る前で、犯行に及んだ後に。

「成る程。メフィストフェレスの狙いはやはり、業の深い人間を確保することか――」

マキシがそう呟《つぶや》いたその時だった。ずずぅんと、地響きが僕らを揺らす。

「わ、わわ……」

銀行強盗の男がよろめく。僕も包丁の切っ先を避《よ》けながら、何とか姿勢を正した。

ただ、マキシだけが微動だにせず、直立している。

「カズハ」

「な、なんだよ……」

「避けろ」

めきめきっと氷が割れる音が響く。同時に、大きな影が僕らを包んだ。

「へっ？」

僕と銀行強盗は後ろを振り向く。すると、そこには僕らよりはるかに大きな、毛むくじゃらの生き物が姿を現したところだった。

「ひ、ひえぇぇぇ！」

僕らの情けない声が重なる。

マンモスだ。巨大な牙に、長い鼻。そして、褐色の剛毛に覆われた姿は、まぎれもなく、教科書や図鑑で見たマンモスそのものだった。

「ど、ど、どうしてマンモスが！」

「な、な、なんだこれ！」

マンモスは鼻を振り上げ、高らかに猛《たけ》る。まるで、煩いと叱《しか》るかのように。

「カズハ！」

マンモスの鼻が振り下ろされるのと、マキシの手が伸びるのは、同時だった。僕の身体は一本釣りされたみたいに、宙に放り投げられる。僕がいた場所を、鞭《むち》のような鼻が薙《な》いで行った。

「わぶっ」

氷の上に尻もちをつく。すごく痛い。

なんとか起き上がるが、どうやら、鼻の間合いの外に飛ばされたらしい。マキシの背中越しに、マンモスが見える。

「あ、ありがとう」

「『友達』だから」

「え？」

「『友達』は助けるものだと聞いている」

マキシは、そんなことをさらりと言った。

「ま、マキシ……！」

彼の背中が大きく見える。胸がきゅんとしてしまった。やばい、惚れそうだ。

一方、銀行強盗もまた、マンモスの一撃を何とか避けていた。腰を抜かしながらも氷の上を這う。

「なんだ、これ。なんだっていうんだ」

「貴様の業が招いた結果だ」と感情のない声でマキシは言った。

「俺の業だと……!?」

「盗んだ金品をあるべき場所へ戻し、しかるべき罰を受けろ」

「そんなことを言われて返すくらいなら、最初から、銀行強盗なんてやらねぇよ！　そ、それに、俺は人を刺しちまった……。この手で、人を！」

　銀行強盗は怒鳴る。

　次の瞬間、マンモスのシルエットが膨《ふく》らんだ。前脚を上げ、銀行強盗を踏みつぶさんというのだ。

「え、あ……」

　銀行強盗は包丁を構える。けれど、マンモスの脚と包丁では、その差は歴然だった。主に、大きさの面で。

「盗んだ金品をあるべき場所へ戻し、しかるべき罰を受けろ」と、マキシは繰り返す。

マンモスは吠え、前脚を振り下ろそうとする。

「た、助けて！」

「あるべき場所へ戻し、しかるべき罰を――」

「分かった、分かったから！」

迫る前脚。悲鳴をあげる銀行強盗。腕を伸ばすマキシ。

けれど、遅い。銀行強盗が救出される前に、前脚は振り下ろされてしまった。

「え、ええ……」

もうもうとダイヤモンドダストが舞う。マキシの姿も見えない。一緒に潰《つぶ》されてしまったんだろうか。

「マキシ！」

「なんだ」

声はあっさりと返って来た。

ダイヤモンドダストが払われ、景色が明らかになる。すると、マキシは立っていた。マンモスの脚を支え、銀行強盗を庇《かば》うようにして。

「行け」

マキシは言った。銀行強盗は、涙と鼻水で顔をぐしゃぐしゃにしながら、抜けた腰を引きずるようにして這い出した。

「悪いな」

平然とした顔で前脚を持ち上げたまま、マキシが跳んだ。マンモスがよろめき、腹ががら空きになる。刹那、マキシのワンパンがマンモスの腹部に炸裂した。

ボン、と弾《はじ》けたような音が響く。

マンモスはよろめいたかと思うと、その場に崩れ落ちたのであった。


それから後のことは、よく覚えていない。

気付いたら、マキシに引きずられてアパートの最下層に戻されていた。目の前には、あの強固な扉がそびえている。開けようという気は起こらない。

「俺、失業したんだ」

銀行強盗は、ぽつりと言った。

「失業して、金がなくて……。何処に行っても雇ってもらえなくて……」

曰く、彼は平凡な事務職だったが、会社の経営が危うくなって、首を切られたのだという。再就職を試みるも、経験が浅い、資格がない、などという理由で仕事が限られてしまい、少ない選択肢にすがろうとしても、縁がないと言われて断られてしまったそうだ。

「あんなに必死になって勉強して、大学に行って、必死に就職しても、ご覧の有様だ……。もう、働くのなんてやめて、金を奪ってどこかに逃げようと思ったんだ……」

必死になって勉強して、必死になって就職してもご覧の有様。その言葉は、僕の胸に深く突き刺さる。僕も、ネットゲームをやめて大学に通っても、明るい未来なんて待っていないんじゃないだろうか。

「大体、世の中は不公平だ！　俺よりも努力をしていない奴らがのうのうとのさばり、金を稼いでいるなんて！　俺はこんなに苦労しているのに……」

「苦労しているのは貴様だけではない」

冷たく言い放ったのは、マキシだった。

「お前……！　知ったような口を……！」

銀行強盗は食って掛かろうとする。けれど、先ほどの剛力を見た後だから、実行には移せなかった。

しかし、マキシの言葉には続きがあった。

「自分が努力をしているとき、他人はその倍以上努力している。だから、自分よりも優れた境遇に置かれている。――そう思えば、自然と不満も消えよう」

「いい車を乗り回したり、バカンスに行ったり、美味《うま》いものを食ってるやつらが、俺以上の努力を……?」

「努力や苦労を見せたがらないだけだ。華やかな面だけ見せようとしているから、第三者からはそう見える。我々にとって、貴様が『金に困った銀行強盗』にしか見えないのと同じように、境遇や思想などの目に見えぬものは、自ら主張されなくては分からない」

淡々と述べるマキシを、銀行強盗はじっと見つめていた。

「貴様も、我々のことは『わけのわからない剛力の持ち主』や、『よくわからない学生っぽいの』としか思っていないだろう?」

「あ、ああ。そうだ。まさにその通りだ」

「だが、我々にも貴様には分からない生い立ちがあり、思想がある」

思想、と言われて心臓が縮みそうになった。生憎《あいにく》と、僕が抱いているのはそんなに大層なものではない。語れるのは、ネットゲームのことぐらいだった。

「俺は、視野が狭かったのか……」

男は項垂れる。「気にすることはない」とマキシは平然として言った。

「ヒトはそういうものだ」

「そういう……もの……？」

「そうだ。誤解は生まれるものだ。肝心なのは、罪を犯さぬことだ。だが、犯してしまったのならば、償《つぐな》えばいい。貴様には、償う余地が残されている」

銀行強盗の表情は、一瞬だけ明るくなった気がした。けれど、すぐにうつむいてしまう。

「いいや、ダメだ。俺は人を殺してしまった……。そればっかりは、償おうと思っても……」

「それが、お前にとって最もネックとなっていたことか。人を殺してしまったから、どんな手段を以《もっ》てしても取り返しがつかないと思っているということだな」

「……ああ」

マキシは銀行強盗の頭を鷲摑《わしづか》みにする。そして、強引に自分の方へ向かせた。

「お前には知る必要があるため、情報を公開する。お前に刺された職員は、死んでいない。重傷だったが、意識が回復した」

「……なんだと？」

銀行強盗の目に光が戻る。

「お前に刺された職員は、死んでいない」

マキシは断言する。

「ほ、本当か!? 腹を刺しちまったんだぞ!? 血がたくさん出てたんだぞ!?」

「致命傷ではなかったという情報が、ネットワーク上で公開されている」

何の端末も見ずに、マキシは淡々と言った。慰めるでも、諫《いさ》めるでもなく、機械が文章を読み上げるみたいだった。それがかえって、嘘偽《うそいつわ》りのない情報に聞こえたらしい。銀行強盗は、大きく息を吐いた。

「そうか……死んでないのか……」

銀行強盗は、救われたように呟いた。

「……それならば、まだ相手に償うこともできる。そしてまた、やり直せるかな。また、頑張れるかな」

「貴様がそう判断するのならば」

マキシは頷く。

「先の話に戻るが、努力が成功につながる秘訣は、継続だ。継続していれば実力が付く。だが、継続が有効たる理由は、それだけではない」

マキシの言葉に、「どういうことだ……？」と銀行強盗が問う。

「継続をすれば好機が巡る機会が増える。好機を捉《とら》え、上手く活かせば、成功への近道になる」

「……そっか」

男は、ふっと笑った。

「確かに、俺はすぐに諦めて、いじけていたのかもしれないな。好機が巡ってくる前に、こんなことをやっちまって……。しかも、人に怪我までさせちまった……」

さっきまで包丁を握っていた手を見つめる。包丁は、先ほどのドサクサで洞窟に置いて来てしまったのだろう。そこには、まめが潰れた痕《あと》のある、武骨な手があった。

「俺、罪を償ったら、もう一度頑張ってみる。今度は、チャンスの女神様がやってくるまで待つさ」

「それがいい」

マキシは深く頷いた。

「それにしても、あんたは本当に、いいやつだな……。朴念仁《ぼくねんじん》かと思ったけど、こんな俺に、親身になってアドバイスをくれるなんて……！」

男の目が潤《うる》む。次の瞬間、彼はマキシにすがって泣き出した。またもや、涙と鼻水でぐしゃぐしゃになりながら、傍目《はため》を気にせずに泣いている。

そんな彼を、マキシは振りほどきもせずに見つめていた。相変わらず、表情らしい表情はなかったけれど、泣いている男を、静かに見守っているようだった。


その後、僕らは階段をのぼり、アパートから出た。銀行強盗をした男は自首するようだ。マキシ曰く、「その決意に嘘偽りはない」ようだから、僕は静かに見送った。

泣き終わった時の彼は、とても澄んだ目をしていた。きっと、然るべき義務を果たして、社会復帰することだろう。

「それにしても、よく言われている『継続は力なり』とか、『運も実力のうち』っていう言葉には、マキシが言ったことも含まれているんだろうな」

継続してれば力にもなるし、チャンスが巡ってきやすくなるから運気も上がる。

感心する僕であったが、マキシは何やらジャケットを脱いで肩口を弄《いじ》っていて聞いていない。

「マキシ、聞いてるのか!?」

「聞いている」

　前言撤回。聞いていたらしい。

「せっかく褒めたのに。っていうか、何してるんだよ」

「先ほどの戦闘で、表皮が破けてしまった」

「表皮って……、うわっ！」

　指し示された先を見た僕は、思わず悲鳴をあげてしまった。マキシの言う通り、皮膚が破けていた。そこに、出血した形跡はない。その代わり、金属質の塊が露出していたのである。

「き、機械の身体だ！」

「アンドロイドだからな」

　マキシはあっさりと言った。

「そうだ。すっかり良い話で済ませてたけど、僕の疑問は何一つとして解決してないぞ！　なんでアパートの最下層が氷の洞窟で氷河期なんだ！　あのマンモスは何なんだ！　なんでアンドロイドがフツーに紛れてるんだ！」

「先ほどの生物はケナガマンモスという。全身が長い毛で覆われているほかに、耳が小さいのも特徴の一つだ。あれは、熱を逃がしにくくするために、寒冷地帯の生物に必要な――」

「マンモスの種類を聞いてるんじゃない！　主に、アパートについて教えてくれよ！」

「俺が検証した結果、このアパートは、住まうものの業の深さによって、深度が増すようだ」

　マキシは大真面目に言った。

「さっきも言ってたよな。業の深さって、どれくらい罪を重ねたかってこと？」

「そうだ」とマキシはあっさりと頷いた。
だから、銀行強盗の男が来たときに、深度が増したそうだ。信じられないけど、目《ま》の当たりにしてしまったので、信じるしかない。

「それにしたって、わけが分かんな過ぎる。最下層が達した地層の時代のものが、扉の向こうに現れるなんて」

「このアパートはメフィストフェレスの魔法によって作られている。おそらく、その魔法が周辺の地層に干渉した結果だろう」

「つまり、なんだ……。全ては魔法のせいってわけ？」

「そうだ」

「………」

「なぜ、頭を抱える」

「抱えもするさ！　次から次へとわけが分からない単語が出てくるからね！　さっき、なんて言った？　このアパートが魔法で出来てるって？　しかも、メフィストさんの？」

「そうだ」とマキシは頷く。

「メフィストフェレスの名を知らないか。有名な悪魔の名だが」

「聞いたことはあるような気がするけど……」

「有名な戯曲に登場する悪魔だ。甘言《かんげん》で人を惑わし、あらゆる願いを叶え、最後に魂を奪おうとする」

　ＳＦの代名詞とも言えるアンドロイドの口から、ファンタジーの代名詞である『悪魔』という単語が飛び出した。

「奴が何を目論《もくろ》んでいるのかは分からない。だが、奴の計画が原因で、未来では戦争が勃発していた。俺は、そんな世界を変えるためにやって来た」

「み、未来から!?」

「ああ」とマキシはあっさりと頷く。どんどん話が大きくなってきた。

「……マキシは、戦争を止めに来たってことか？」

「ああ。俺はそのために、未来の世界からやって来た――」

まるで映画や漫画の世界だけど、マキシから漂う緊張感は本物だ。僕は思わず息を呑む。

「猫型ロボットだ」

マキシは真顔で言った。

「猫要素どこにも無いから！」

思わず叫ぶ。マキシが猫と自称できる要素は皆無だった。猫の耳もついてなければ尻尾《しっぽ》もついていない。ただのスマートなヒューマノイドイケメンだ。

「今の自己紹介、おかしいだろ！　なんで猫型なんて言ったんだ！」

「……そう紹介しろと言われた」

僕に肩を揺さぶられながら、マキシは答えた。その目に、若干の理不尽さが窺《うかが》えたような気がした。

未来からやって来た猫型ロボットと言えば、四次元なポケットから秘密道具を出す人気キャラクターではないか。コミカルでかわいらしいそのキャラクターと、クールなイケメンのマキシは全く違う。世界観がもう違う。

「俺が猫型ロボットなのはいいとして」

「よくない！　猫型ロボットじゃないからな！」

「カズハ。お前には、このアパートから出ていくことを勧める」

マキシの言葉にはっとした。

そうだ。こんな業が深い人間が集まるアパートで、しかも、地下ときどきマンモスのような環境で、僕のような戦闘能力のない若者が生き残れるはずがない。

「そ、そうだな。教えてくれてありがとう、マキシ」

荷物をまとめ、実家に帰ろう。そうすれば、ネットゲームも出来る。アパートの中にマンモスが出ると知れば、妹も許してくれるだろう。

回れ右をして、部屋に戻ろうとする。しかし、行く手を阻《はば》むものがあった。

「いやぁ、困るんですよねェ」

メフィストさんだった。相変わらず胡散臭い笑顔を張り付けている。

「メフィストフェレス……！」

「変わったゴーレムが『住まわせてほしい』なんてやって来たから、つい入れてしまったのですが、まさか、未来から来た猫型ロボットだとは」

「猫型ロボットじゃないから！」

僕はすかさずツッコミをした。というか、ファンタジーの世界に生きる悪魔にとって、アンドロイドは『変わったゴーレム』なのか。

「まっ、招いてしまったものは仕方がない。あなたの意向はともかく、私は、自身の目的を達成させて頂きますよ」

メフィストさんはにんまりと笑う。

「メフィストさんの目的って、なんなんですか？」

「えー、それは秘密ですよぉ」

大袈裟に眉尻を下げる。肩を竦《すく》めるしぐさも相まって、挑発しているようにしか見えない。

「ま、大旦那との勝負なんですけどね」

「大旦那？」

「神様ですよ。か・み・さ・ま」

神様。

話の大きさが、いよいよインフレしてきた。

メフィストさんは神様と勝負をしたい。だから、罪を犯した人をアパートに集めて穴を掘り、それが原因で未来は戦争が起こっている。マキシは、そんな未来から来た。

「…………」

「どうしたんです？　頭なんて抱えちゃって。頭痛なら、お薬を作ってあげましょうか？」

「いや、結構」

すっと顔を上げる。

不思議と、頭はクリアだった。本能は僕に告げている。関わらずに、実家に戻ろう、と。

「こんな壮大な設定はゲームの中だけでいい。僕は巻き込まれるのなんて御免だね。

実家に帰らせて頂きます！」

ぴしゃりと言い放った。マキシは「それがいい」と賛同してくれる。しかし、メフィストさんは違った。

「ふぅん。それは困りましたねェ」と肩を竦める。

「困るって言っても、僕の業なんて大したことないでしょう。誰かを物理的に傷つけたこともないし、盗みをしたことだってない。そりゃあ、ちょっと怠け者だったりするけれど」

「いえ。私は困らないんですがね？」

メフィストさんは指で虚空をなぞる。すると、何もないところから、ぱっと一枚の紙が現れたではないか。

「い、今の……」

「魔法です」とメフィストさんはあっさりと言った。タネも仕掛けもなさそうだ。

「私は困らないんですが、カズハ君が困るかと思いまして」

ほら、とメフィストさんが見せてくれたのは、賃貸契約書だった。

「違約金くらいだったら、何とか払いますけど……」

「いえいえ。違約金だなんて。私はただ――」

「魂だ。魂を捧げると書いてある」

マキシがすかさずに言った。

「えっ？　魂？」

「ああ。極小の文字で書かれている」

マキシが指さした先にあったのは、またもや、米粒に書かれたほどの文字だった。

「読めないし！」

「とにかく、契約違反をすると魂をいただくことになるんですよね。解約もしかり。私としても、前途ある若者の芽を摘みたくないですし、契約期間中は住んで頂けるとありがたいと思ってますが」

メフィストさんはいけしゃあしゃあと言った。まさに鬼畜の所業。いや、悪魔の所業だ。張り付いた胡散臭い笑顔ごと殴りたい。

「くそっ、分かりましたよ！　住めばいいんでしょ、住めば！」

「わぁ、嬉しい。小さい字で大事な情報を書くというのは、古典的ですが効果がありますねぇ。教えてくれた方に感謝をしなくては」

誰だ、悪魔にそんなことを教えたのは。メフィストさんと並べて、まとめて頬を叩きたい。

「そうそう。あなた達が勝手に逃げそうとした方ですが――」

メフィストさんはぱちんと指を弾く。すると、先ほどの銀行強盗の男の人が、虚空からパッと現れた。

「えっ？　あれ？　確か今、警察署が見えたところだったのに……！」

男の人は困惑している。そんな彼の肩を、メフィストさんはやけに優しくポンと叩いた。

「ふふふ。私のテリトリーからは逃がしませんよ。あなたも、契約を結んだ入居者のひとりなんですから」

「ひえっ」

男の人が慄《おのの》く。それを見たマキシが、足を踏み出そうとする。しかし、メフィストさんがそっと右手で制した。

「この方もまた、契約違反をしたら魂を貰う約束をしてるんですよね。だから、死なせないためにはここに居させるしかないんです」

「た、魂だって!?」

男の人は寝耳に水のようだ。僕と同じ手口で騙《だま》されたのだろう。

「で、でも、その人、罪を償いたいって……」

「だったら、うちで償えばいいんですよ。そりゃあ、しかるべき手順で償った方が気が晴れるんでしょうけど、その前に死んじゃったら意味ないですしねぇ」

メフィストさんは尤《もっと》もらしく言った。

「まあ、彼の処遇は私に任せてくださいな。悪いようにはしませんって。あっ、盗んだお金は銀行に戻しておきますがね。余計なものは無い方がいいでしょう」

メフィストさんに首根っこを掴まれ、男の人は囚《とら》われの小動物と化していた。本当に悪いようにしないで欲しいと、心の底から祈る。

「そうまでして、人を逃がしたくないんですか……」

「ええ。塵《ちり》も積もれば山となる。住人は多ければ多いほどいいですねぇ」

「さっきも言ったけど、僕なんて、大した塵でもないのに」

僕のぼやきに、「おや」とメフィストさんは片眉を吊り上げた。

「良く考えてみてくださいよ。今はしょっぽい怠惰の罪しかないあなたも、この先、大きな過ちを犯すかもしれないじゃないですか」

「不吉なことを言うのはやめてください！」

「青い果実も、いずれは赤く熟《う》れるものですよ。ねぇ？」

メフィストさんに顎を持ち上げられる。あの、蛇みたいな目が間近に迫る。血のように真っ赤な舌が、彼の唇をなまめかしくなぞった。

食われる。

全身が総毛立つ。蛇に丸呑みされる寸前のカエルの気分だ。

「メフィストフェレス、その手を放せ」

マキシがメフィストさんの手を払い、僕らの間に割って入った。

「おや。あなたはカズハ君にご執心のようで」

「『友達』は守るものだ」

マキシの声が妙に殺気立っているのは、気のせいだろうか。

「お友達ねぇ。いやぁ、アンドロイドと人間の友情とは、美しくて感動的ではありませんか。つい、顔がほころんでしまいますね」

メフィストさんは相変わらずの笑顔だが、言い方が妙に挑発的だ。

「しかし、カズハ君が欲しいのは、あなただけじゃないんですよねぇ」

「妙な言い方はやめてください！」

誤解を招く発言だ。

それに対して、マキシも黙っていなかった。

「貴様にカズハは渡さない」

「やめて！　そういう言い方は、本当にやめて！」

僕が必死に止めるも、聞く耳を持ってくれない。

地下のアパートの前で、アンドロイドと悪魔が火花を散らしている。全く以て、わけのわからない状況だった。

「ああ。ネットゲームやりたいなぁ……」

今頃、期間限定のイベント情報が配信されているかもしれないのに。

しかし、僕のぼやきは、辺りに漂う殺気にむなしく掻き消されたのであった。

ひと波乱の後、「そう言えば、マンモスを倒したんですって？」と、メフィストさんに尋ねられた。なぜ、最下層の様子を知っているんだろう。でも、悪魔らしいから、なんでもありなんだろう、きっと。

「マンモスの肉は食べ応えがあるらしいですね。冷凍マンモスが発見された時、調査隊の犬に食べさせてみたところ、ずいぶんとがっついていたとか」

「そもそも、冷凍マンモスなんて見つかったことがあるんですね……」

「おや、ご存じない？　シベリアの冷凍マンモスは有名ですよ。ま、肉が冷凍されていたとはいえ、人間が食べれるレベルではなかったようですがねぇ」

メフィストさんはそう言って、ふらりと姿を消してしまった。

その翌朝、僕の上に、笑顔のメフィストさんが馬乗りになっていた。

「どうも、おはようございまァーす」

「ど、どーも……」

「いやァ、テンションが低いですねぇ。低血圧ですか？」

「……なんで僕の上に馬乗りになってるんですか」

「んー。なんとなく、ですかねぇ」

僕は馬じゃないので、気分で馬乗りにならないでほしい。

のろのろと着替える僕に、メフィストさんは言った。

「そうそう。鍵は直しておきましたよ」

「えっ、早い！　やっぱり魔法で!?」

「え？　普通に付け替えたに決まってるじゃないですか」

よく見ると、片手に工具箱を持っていた。

「悪魔なのに魔法じゃないんですか……」

「やだなぁ。いっつも魔法を使っていたら疲れるじゃないですか」

メフィストさんは、さも当然のように言う。

「第一、魔法というのは手作業よりも大変なんです。そんなのをホイホイ使っていたら、干上がってしまいますよ」

「干上がるものなんだ……」

身支度を整え、改めて鍵を見る。なるほど、チェーンはちゃんと付け替えられている。昨夜、マキシに切断されたのが嘘のようだ。

「それじゃ、行ってきます」

あくびを一つして、カバンを片手に部屋を出ようとする。「おや」とメフィストさんが目を瞬《しばた》かせた。

「朝食は召し上がらないので？」

「うん。コンビニでテキトーにパンでも買うからいいです」

「はぁ。朝食こそちゃんと食べなくては。一日を健康的に過ごせませんよ」

まさか、悪魔に健康について説教をされるとは。

「でも、朝食になるようなものを買ってないし……」

有難いことに、冷蔵庫も備え付けだった。でも、肝心な中身を買いそびれていた。

「でしたら、食堂に来てください。ご用意しましょうか」

「へ？」

食堂なんてあったらしい。

メフィストさんに導かれ、階段を上る。すると、彼は地下一階で立ち止まった。

「一応、当アパートには食堂がありましてね。シェフの気まぐれということで、メニューはその日によって違うんですけど、いつでもおいしいご飯が食べられますよ」

階段からすぐのドアを開けると、そこは畳の部屋ではなかった。レトロなタイル張りの床の上には、木でできたテーブルとイスが並んでいる。奥のカウンターから料理を貰う形式らしく、まるで、大衆食堂だ。シェフというより、食堂のおばさんの方が似合う。

「わぁ、こんなのがあったんだ」

地下だというのに雰囲気は明るく、座席にはぽつぽつと人が座っている。新聞を読みながら、のんびりとご飯を食べている年配の男性もいれば、がつがつと一心にご飯を掻き込んでいるビジネスマンもいた。かと思えば、やたらとガタイがいい男の人が、隅っこの席で爆睡している。

普通の食堂の風景だ。このアパート、こんなにも人がいたのか。

とても、魔法で作られた地下のアパートの中には見えない。そして、目の前にいる人たちは、業の深い人にも見えなかった。

「どうしました？」

「あ、いえ。なんかこう、皆さん、罪を犯した人には見えなくて」

「まあ、そうでしょうねぇ」

メフィストさんはのんびりと言った。

「人間、生きている限りは業が深くなるものです。生き物を殺して肉を食らう。それも、一つの罪です。そんな罪を重ねた業が深くなるか浅くなるかは、人それぞれですがね。誰もが少しずつ罪を犯して、それと向き合えないでいる」

「罪……」

「そう。それが、人間ってものなんですよ」

メフィストさんは目を細める。さもおかしそうに、でも、愛おしそうにも見えた。

「正確に言えば、このアパートの深度を深めるのは、罪を犯したという意識でしょうか」

「罪の……意識……？」

「そう。後ろめたさってやつですね。何の気なしに蟻《あり》を潰してしまった時、いやーな気持ちになるでしょう？」

うっかり、小さな命を奪ってしまう。それなら、僕にも経験があった。

「でも、それを感じるのって、むしろ、人間味があるというか……まともな気がするんですけど……」

「その通り！」

メフィストさんは人差し指をピンと立てる。

「そういう意味では、あの銀行強盗の人も……」

「ああ。彼は実にいい働きをしてくれました。平凡に過ごしている人間では、本当に少しずつしか穴を掘れないんですよね。彼の、人を殺してしまったという後悔が、深度を一気に深め、『扉』の出現の手助けをしてくれました。以後は、普通の人間でもガンガン掘れます」

メフィストさんは、実に嬉しそうだ……。

「まっ、私が声をかけるのは、罪の意識を持った人の中でも、主に住まいを探している人でしょうかね」

つまりは、住まいさえ探していれば、誰でも声を掛けられる可能性があるということか。

「さて。カズハ君の朝食を早く準備しなくてはいけませんね。そうでないと、学校に遅れてしまう」

「あ、そうだった。お願いします！」

そう言えば、カウンターの向こうに人はいない。食堂のおばさん的な人は席を外しているんだろうか。

しかし、メフィストさんは何のためらいもなく、カウンターの方へ向かう。

「そうそう。今朝のメニューはマンモスのステーキなんですよ。マキシマム君が仕留めてくれましたからねぇ。彼も呼んだのですが、ご飯を召し上がらないようだったので」

メフィストさんはいそいそと白いエプロンをして、カウンターの向こうへと行く。

「あ、あの、メフィストさん?」

「はい?」

「ご飯を作っているのって、もしかして……」

「ああ。私ですよ。わ・た・し」

「うわぁ」

ウインクなんてしてみせるメフィストさんに呻《うめ》く。

この人、さっき自分で「おいしい」って言っていなかっただろうか。

エプロン姿のメフィストさんは、鼻歌を奏でながら僕の朝食を用意してくれる。その間、空になった器を手に、お代わりを所望する人なんかもやってきた。どっしりとした体格の、スーツをまとったビジネスマン風の男の人だ。

「おやおや。今日はいつになく召し上がりますねぇ。大きなお仕事があるんです?」

「いいや。外回りの予定がかなり詰まってて、昼食をとってる暇がなさそうなんですよ。だから、食いだめしようと思って」

「ははぁ、なるほど。だったら、おにぎりでも用意しましょうか。それなら、移動中でも召し上がれるでしょう？」

「えっ、いいんですか？」とビジネスマンは目を瞬かせる。

「それくらい構いませんよぉ。大事なアパートの住民ですし」

白いご飯を盛りながら、メフィストさんは言った。

きっと、ビジネスマンも多少の業を背負っているんだろう。深度を深めるための、大事な糧《かて》ということだ。けれど、そうとしか見ていないひとが、ここまでの気遣いが出来るだろうか。

ビジネスマンはお礼を言いながら席に戻る。メフィストさんは僕の席に、スープとステーキとご飯を持ってきてくれた。ステーキは五百グラムだった。朝食にはきつい。

「朝からステーキ……」

「きっちりとスタミナをつけておけば、一日、元気よく過ごせるじゃないですか」

メフィストさんはへらへらと笑っていた。今日は一日、胃もたれコースだ。

けれど、出されたものを食べないわけにはいかない。ええい、ままよ。と切り分けたステーキを口にする。

「…………！」

その瞬間、僕の中で何かが弾けた。

「こ、こ、これはっ！　口の中で肉汁が弾け、ソースと複雑に絡み合って小宇宙を描いている……！　まさに、キング・オブ・ジューシー！」

背後に雷光が輝いた気がした。メフィストさんは満足そうだ。

「ねっ？　おいしいでしょう？」

「マンモスの肉がこれほどまでに美味しいとは思いませんでしたけど、そもそも、料理自体がおいしいですよね。これも魔法ですか？」

「いいえ。すべてハンドメイドで御座います」

メフィストさんのにんまりとした胡散臭い笑顔も気にならないほど、用意された朝食は美味しかった。ご飯はふっくらとしてホカホカだし、味噌汁はほっと一息つけるまろやかさだ。

「お味噌汁は、まさにおふくろの味ですよね。いや、母の味噌汁とは全然違うんですけど、ほっとする味というか、懐かしい気持ちになるというか……」

「ああ。『おふくろの味』にはこだわりがありましてねェ……」

メフィストさんは遠い目になる。初めて見る顔だ。

彼は、手近な椅子に腰かけると、こう言った。

「昔、長い月日を共にした方がいましてね。その方に、この世のありとあらゆる贅沢を味わわせようと思っていたのです。その中で、おふくろの味というものに着目しましてね。我々にはサッパリ分かりませんが、人間は、おふくろの味を好むのでしょう？」

「ええ、まあ……」

温かいお味噌汁を啜《すす》りながら頷く。メフィストさんの様子は、いつもと違っていた。飄々《ひょうひょう》とした様子はなく、なんだか寂しそうにも見えた。

「その人って、今は……？」

「私を置いて行ってしまいましたよ。私なりに、ずいぶんと献身的に尽くしたんですがね。最終的には、私のことなんて見向きもせず、くっだらないものに手を引かれて、遠くに行ってしまった……」

メフィストさんは深い溜息を吐いた。

「その人のこと、好きだったんですね……」

「そうなんでしょうかねぇ。……いや、そうだったのかもしれませんねぇ」

胡散臭くて人を食ったみたいなひとだけど、肩を落とす姿はとても人間らしくて、狡猾《こうかつ》な悪魔とは思えない。

「メフィストさん、元気を出してください。その、僕は恋愛経験なんてないから、いいアドバイスが出来ないんですけど、きっといい人が見つかりますよ」

「後にも先にも、あの方以上に執着出来る人間がいないんですよねぇ」

「それなら、きっとその人もそう思ってますよ。メフィストさんのこと、ちゃんと覚えてて、掛け替えのないひとになってると思います」

「そうですかね」

「そうですよ」

メフィストさんはちらりとこちらを見やる。なので、僕も真っ直ぐに見つめ返した。

「……」

「…………」

しばしの沈黙。先に、くすりと笑ったのはメフィストさんだった。

「いやはや。まさか、人の子に励まされるとは思いませんでしたねェ。カズハ君、お味噌汁のお代わりは要りますか？」

メフィストさんは少しばかり元気になったようで、のっそりと席から立ち上がる。

「それじゃあ、少しだけ」とメフィストさんに器をさしだす。よく見ると、厨房の奥に、もう一つ、人影があった。あの、銀行強盗をした男の人だった。割烹着《かっぽうぎ》姿で、必死にお皿を洗っている。不思議と、その表情は苦しげではない。何処か、安らかですらあった。

きっと、今日から、メフィストさんにここで働くように言われたのだろう。これも、償いの一つなんだろうか。

そんなことを考えていた、その時だった。食堂の扉が何の前触れもなく開き、マキシが顔を出したのは。

「カズハ」

「マキシ！　食事はしないはずじゃあ……！」

「ああ」とマキシは頷く。

「俺は食事をしに来たわけではない。カズハ、お前に忠告に来た」

「ぼ、僕に……？」

メフィストさんに近づくなということなんだろうか。もし仮にそうだとして、マキシの言い分もわかるけれど、メフィストさんを敵視するのも気が引ける。

けれど、マキシの口から出たのは、全く違う話だった。

「現在、カズハの出発予定時刻を十分オーバーしている。このままでは、一限目の講義に遅刻する」

「ほわぁ！」

のんびりとご飯を食べている暇はなかった。残ったステーキを、口の中に無理やり押し込む。

「わぁ、カズハ君、大ピンチですねぇ」とメフィストさんは他人事のように笑っていた。少しでも同情した僕が馬鹿だった。

「いっそのこと、マキシマム君に送ってもらったらどうですか？　マキシマム君、飛べるかもしれませんし」

「生憎《あいにく》、俺には飛行機能はない。しかし、カズハを背中に乗せて送り届けることは出来る」

　すなわち、おんぶ。

　真顔のマキシにおんぶをされながら、高速で移動する僕。どう考えても、その光景はシュールだ。

「無し、それは無し！」

　席を立ち、ばたばたと食器を片付ける。丁度、急いで食べていたビジネスマンも、メフィストさんが手際よく握ってくれたおにぎりを手に、転がるように食堂を出るところだった。

「ごちそうさま。行ってきます！」

「ええ、行ってらっしゃいませ」

「ああ、行ってくるがいい」

　悪魔とアンドロイドに見送られつつ、僕は地下から地上に出る。その途端、ムッとした熱気が僕を襲った。地下に戻りたくなるのを、何とか抑える。

　灼熱の夏空の下、僕は一緒に地下から出てきたビジネスマンとともに走るのであった。

こぼれ話●突撃、地底大浴場！

「そう言えば、カズハ君。うちに大浴場があるのはご存じです？」

メフィストさんのその一言をきっかけに、僕はその大浴場とやらにやって来た。地下一階の一角にある、正体不明の重厚な扉がそれだったらしい。

関係者以外立ち入り禁止といわんばかりの鉄の扉が、僕らの前に立ちはだかっている。小脇に抱えたタオルと着替えがミスマッチだという自覚はあった。

「本当に、ここでいいのかなぁ」

「位置はメフィストフェレスの証言と一致する。大浴場である可能性は六十パーセントだ」と、隣でマキシが言った。

「低っ！　あとの四十パーセントはどんな可能性なんだよ」

「メフィストフェレスが嘘を吐《つ》いている可能性だ」

「あ、ああ……」

つまり、マキシは四十パーセントほどメフィストさんを信用していないということか。

「というか、なんでマキシがついてくるんだ？　マキシも風呂に入るの？」

「俺は防水加工をされているが、水に濡れないに越したことはない。だが、アパートの設備を把握しておく必要がある。また、カズハに何らかの危険が迫った時のためだ」

「そっか、心配してくれてるのか……。まあ、ただの大浴場だし、特に危険はないと思うよ。あったとしても、マキシの手を煩《わずら》わせないようにするからさ」

濡れないに越したことはないということは、やっぱり水は苦手なのだろう。そんな相手に、無理をさせるわけにはいかなかった。

僕は扉をゆっくりと押す。ギィィという、雰囲気バッグンの音が響いた。

「わっ……」

鉄の扉を開ければ、そこは、脱衣所だった。床は板張りで、木札が挿さったロッカーがずらりと並んでいる。

ごく普通の、レトロな銭湯の脱衣所だ。

「あの扉は何だったんだ……。いっそ、扉なんかつけずに暖簾《のれん》だけでいいような気がするのに」

「扉に強度が必要な可能性がある」

「不吉なことを言うのはやめようよ……」

すなわち、鉄の扉が必要な状況が発生する可能性があるということだ。ここは、メフィストさんが、「ついうっかり、強そうなのを発注しちゃいましたァ」ということにして欲しい。

「そう言えば、男湯と女湯に分かれてないんだよな？　混浴なのかもしれないけど、脱衣所まで一緒でいいのかなぁ」

そもそも、このアパートで女性を見たことが無い。とぼやく。

「女は用心深い。これだけ地下深い住居は避ける可能性がある」

「ああ。内見の時点でお断りされてたり、そもそも、メフィストさんがそれを見越して、女性を避けていたりするかもしれないな……」

そうとなれば、遠慮は無用だ。服をさっさと脱ぎ、タオルを手にして浴場へ向かう。

お湯に浸かるつもりのないマキシは、着衣のままやって来た。裸の僕と、一糸乱れぬ服装のマキシが並ぶと、なかなかにシュールだ。

レトロな引き戸を開ける。そして、目の前の光景に絶句した。

そこにあったのは、湖だった。更に言えば、地底湖だった。

高い天井からは鍾乳石が突き出し、白濁したエメラルドグリーンは遥か彼方まで続いている。そのくせして、扉からすぐの陸地はタイル張りで、蛇口があったりシャワーがあったり、桶が重なっていたりする。地底湖の岩肌に、ご丁寧にも富士山の壁画が飾ってあるが、なかなかに似合わない。

「すごいな、これ……。泳げるじゃないか！」

「浴場での水泳はマナーに違反している」

「そんな堅いこと言うなって！　貸し切りだしさ。それくらい平気だよ！」

そう、大浴場には誰もいなかった。まあ、メフィストさんから教えて貰わない限り、ここが浴場だとは気付かないだろう。

シャンプーやリンスも完備されていた。頭をシャンプーでさっと洗い、体を流してから浴槽——もとい、地底湖に向かう。

湖面をよく見てみれば、湯気がもうもうと立っている。触れてみると、程よい湯加減だった。

「よっこらしょ……」

そっと足を浸《ひた》し、ゆっくりと体を沈める。肩まで浸《つ》かると、「はぁ……」と溜息がこぼれた。

「いい湯加減だぞ、マキシ」

「それは何よりだ」

地底湖のほとりでマキシが頷《うなず》く。

地底湖の水質は、温泉のそれなんだろうか。あまりにも心地よくて、そのまま眠ってしまいそうだ。

こんなに気持ちいいんだから、マキシも入ればいいのに。

そう思ってマキシの方に視線をやるが、彼は湖面をじっと見つめているだけだった。

「ちょっと、泳いでくる」

「気を付けて行け」

「そんなに気を付けるほどじゃないってば」

そう言うなり、僕は湖の縁を蹴って泳ぎ出す。お湯を大胆にかき回すバタフライだ。

人がいたり、浴場が狭かったりすると絶対に出来ない。

お湯に顔をつけるのが、少しばかり熱い。目も開いていられないので、お湯につける時はぎゅっと閉じていた。

それにしたって、こんなに自由に、のびのびと泳いだのは久しぶりだ。小学生の頃のスイミングスクール以来ではないだろうか。

ばしゃばしゃと、水をかく音だけが地底湖に響き渡る。前方に大きな岩が見えてきたので、休むつもりで速度を緩めた。

あそこに登って、自分が泳いできた軌跡を振り返ろう。マキシに手を振ったら、振り返してくれるだろうか。

そう思って、底に足をつこうとしたその時であった。僕の身体《からだ》が、がくんと引きずり込まれたのは。

「わぷっ！」

悲鳴とも何とも言えない叫び声を最後に、僕の身体はお湯の中に沈んだ。

底は、思いの外深かった。それこそ、足がつかないほどに。

どぼん、と遠くで水音がした気がする。何とか水面に出ようともがくものの、足がつってしまって思うように動かない。

息が苦しい。頭が痛い。目が霞《かす》む。

意識を手放しそうになった瞬間、身体が軽くなった。天国に昇るんじゃないかと思ったけど、そうじゃなかった。

沈んだ身体は急速に浮上し、遂には水面から外に出る。

「ぷはっ、うえっ、げほっ……！」

息を吸おうとする前に、お湯を吐き出す。一頻《ひとしき》り吐いてから、改めて息を吸った。

「無事か、カズハ」

「マキシ……！」

僕の身体を支えていたのは、マキシだった。彼は着衣のまま、すっかり濡れていた。

「ご、ごめん！　大丈夫!?」

「なぜ謝る。なぜ案じる。心配されるべきはカズハだ」

マキシはなんてこともないように言う。

「でも、マキシは水が苦手なんだろ？　それなのに、僕のことを……」

「『友達』だから」

「えっ？」

「『友達』は、助けるものだ」

マキシはじっと僕を見つめる。一点の陰《かげ》りもない瞳に、思わず息を呑んだ。

「……そっか。その、ありがとう」

「ああ」

マキシは頷く。相変わらずの無表情だったけれど、少しばかり誇らしげに見えた。

「さ、早く上がろう！　マキシの機械部分にお湯が入ると大変だし！」

「そうだな」とマキシは頷いた。

岸にたどり着くと、床のタイルがやけに懐かしく感じた。マキシは上着を脱いで絞っている。動作が少しばかりぎこちない。やっぱり、彼の身体に良くなかったのだろう。

罪悪感を胸にマキシを見つめていると、急に、彼は口を開いた。

「しかし、何故《なぜ》だ」

「えっ、何が？」

「何故、あそこで溺れた」

「ああ、思ったよりも深くてさ。岩があるから、浅くなってると思ったけど」

「岩？」

「そうだよ。あれ」と岩がある方を指さす。

黒々とした、よじ登って手を振るのにちょうどいい岩だ。しかし、何ということだろう、僕らが見ている前で、その岩が大きく揺れた。

「えっ、ええっ！」

「カズハ、あれは岩ではない」

マキシが冷静に分析する中、『岩』はずずずっと水の中から迫り出した。

そう、岩ではなかった。一回り大きくなったそれに、『首』がついていたのだ。

「ね、ネッシー……」

首長竜のような長い首を伸ばしながら、『それ』は緩慢に泳いでいく。

ぽかんとして見守る中、『それ』は湖面に軌跡を描きながら、少しずつ、小さくなっていった。

やがて、水平線の向こうに姿を消す。僕はそれまで、全く動けなかった。

「ま、マキシ。まさか、今のって恐竜……？　間違いなく、首長竜だよな……？」

「首長竜とは、中生代の海に生息していた爬虫類だ。日本では、福島県いわき市で発見された『フタバサウルス』が有名だ。また、恐竜とは、中生代に生息していた爬虫類のうち、陸上で生息しており、足が直立していたものに限る。よって、首長竜は恐竜ではない」

「きょ、恐竜の定義はどうでもいいんだよ！」

僕の叫びは地底湖に反響したのであった。

あの大浴場、まだまだ未知の部分が多いから、メフィストさんはあまり大っぴらにしないいんじゃないだろうか。そして僕らは、安全確認のために放り込まれたんじゃないだろうか。

湯加減は丁度良かったので、あとは、『ネッシー出ます』という注意書きでもあれば良いかもしれない。

脱衣所にて、マキシの身体に扇風機の風を当てて乾かしながら、ぼんやりとそう思ったのであった。

第二話　遭遇、美少女と恐竜！

同学科の永田《ながた》という男が問う。

「葛城《かつらぎ》、試験勉強してる？」

「あ、うん、まあ」

僕は曖昧に返した。

永田は、大学に入学してから知り合った相手だ。大学デビューを目指していたのか、茶髪で遊び人風なのに、妙にキョロキョロとしている。周りの空気を読もうと必死なのだ。僕が思うに、根は真面目《まじめ》で地味な性質《たち》なんじゃないだろうか。

そんな永田が、心配そうに僕を覗き込む。

「何か疲れ切ってるなぁ。この前、引っ越ししたからか？　このタイミングで実家から追い出されるなんて、お前もなかなか大変だな」

「夏休み前に追い出したかったらしくって……」

「試験やレポートの提出が終わったら、あとは長い夏休みだもんな。いや、でもさ。だからこそ、夏休み中に引っ越せばよかったんじゃないか？」

「休みに入ると、僕がパソコンの前で根を張るから手遅れなんだって」

「なんじゃそりゃ」

永田が笑う。彼は、僕がネットゲームに熱中していることを知らない。

「まあ、実家を離れたのは、むしろチャンスなんじゃないか？　三年や四年になると研究室や就活で忙しくなるし、今のうちに遊んでおこうぜ」

「いや、でも、バイトがあるから」

「何のバイト？」

「予備校の試験監督」

「うわっ、真面目だなー。プールの監視員でもやればいいのに。女子の水着を見放題だぞ」

永田は力説する。だが、僕は即答した。

「女子の水着もいいけど、ネットゲームの装備が欲しい」

「えっ？」

「っていうか、金を稼いでもネットゲームが出来ないんじゃ意味がないじゃないか！　僕は今すぐ、ガチャをやりたいんだよ、ガチャを！　十連ガチャでレア装備を狙うんだよ！」

「ちょ、待って。葛城って、もしかして」

「こうしている間に、他の連中は強くなってるだろうしさ！　僕なんて、絶対、ランキングから外れてるよ……」

ああ、と嘆《なげ》きながら机に突っ伏す。再び、ランキング上位に返り咲くには、幾らつぎ込めばいいんだろう。

「あ、あのさ、葛城」

永田の声が聞こえる。明らかに引いていた。

精いっぱいの励ましの言葉が、今は苦しい。

「ど、どんまい……」

取り敢えず、バイト代でスペックの高いパソコンを買おう。僕は胸に、そう誓ったのであった。

予備校の試験監督の仕事を終えると、すっかり夜になっていた。陽が沈んでも茹《う》だるように暑い。

夏はこんなに真っ盛りなのに、カノジョという生き物は出現していない。

『同じ学科でいい子はいないの？』と、妹からショートメールが届く。『気が強そうなのばっかりで怖い』と僕が返す。

『お兄ちゃんの怖がり。そんなんじゃ、一生カノジョなんて出来ないよ』

『放っておけよ。操作キャラが萌え萌えの女の子でも、どうせ、プレイヤーは男なんだよ』

『ネットゲームの話はしないで。今そこにある、手が触れられる現実の話をして』

怒った顔文字とともに、妹の手厳しいツッコミが送られてきた。

『バイト先にはいないの？　塾の生徒とか。年下の子だったらいいんじゃない？』

『小中学生の予備校なんだけど』

妹は、僕をロリコンにする気か。大体、試験監督と生徒なんて、社会的にどうかと思う。

「はぁ……」

溜息が夜の池袋《いけぶくろ》に消える。このまま、家に帰らずに僕も消えてしまいたかった。

「まあ、流石《さすが》にそういうわけにはいかないか……」

足取りが重い。

講義を終えて、バイトを終えて、普通ならばすがすがしい気分で帰宅できるはずだった。そう、普通ならば。

酔っぱらって路上に落ちている人やゼロ円ハウスを避《よ》けつつ、夜の西池袋を往《ゆ》く。

そして、路地に入ったところで、ぴたりと足を止めた。

そこには、雑貨屋『迎手《ゲーテ》』が目の前に立ちはだかっていた。自分の部屋に戻るには、ここを経由しなくてはいけない。

ガチャリと扉を開く。「いらっしゃいませェ」という妙に愛想のいい声が返って来た。

「ああ。カズハ君でしたか」

店主こと大家のメフィストさんは、怪しげな魔法道具と女子力の高い雑貨に囲まれて、大袈裟《おおげさ》に肩をすくめる。

「すいませんね。客じゃなくて」

「いえいえ。肩をすくめたのは、挨拶を間違ってしまったからですよォ。挨拶はコミュニケーションの中でも大事なものでしょう？」

「ええ、まあ」と生返事をする。

「どうも、ぼんやりしているといけませんね。胸が痛いから、ついついそちらに気が行ってしまって」

「えっ、大丈夫なんですか？」

病気か何かだろうか。そもそも、悪魔は病気にかかるのだろうか。

「ああ、大丈夫ですよ。あと五分も休んでいれば完治しますし」

「そ、そうなんですか」

随分と適当だ。心配して損をした。

「というわけで、改めまして。おかえりなさい、カズハ君」

「はぁ、ただいま……です」

これが綺麗な女性の大家さんだったら喜んで挨拶をしたのに。と思いつつも、返事はする。我ながら律儀なものだ。

「さて。それでは、ご飯にしますか？　お風呂にしますか？」

「え、ちょっと待ってください。そのパターンって」

『それとも、私？』とでも言うのだろうか。いくらなんでも寒すぎる。

「それとも、黒・魔・術？」

メフィストさんは分厚い本を取り出した。装丁がやたらと凝っていて、しかも、妙に古ぼけている。

「それ、黒魔術の本なんですか……？」

「ま、私の蔵書の一冊ですねぇ。なかなか面白いですよ。カズハ君も読んでみます？惚れ薬の作り方から、憎い相手を呪殺する方法まで載ってますし」

「いらない。いらないです！」

ずいずいと不吉な本を押し付けてくるのを何とかかわし、僕は雑貨屋の奥にある扉へと逃げ込んだ。そこから、アパートの階段となっている。

「帰る家が、もうちょっと落ち着けるところだったらなぁ」

ぼやきながら、階段を降りる。遅くなってしまったけれど、あの食堂は利用できるんだろうか。

「……いや、待てよ。あそこの雰囲気は好きだし、料理もおいしいけど、厨房を取り仕切っているのはメフィストさんだった」

また、黒魔術本攻撃を受ける可能性があった。

地下一階の食堂をスルーして、地下二階に辿り着く。その下にも、更に階段が続いていた。一体、今はどこまで深くなっているんだろう。

土色の壁には、相変わらず、貝が埋まっていた。石で削ったと思《おぼ》しき鉱物も見える。もしかしたら、石器なんだろうか。

地下二階には、二〇一号室と二〇二号室が並んでいた。その先には、連なる部屋番号が延々と続いている。

メフィストさんは、今も人を入れ続けているんだろうか。

「あれ？」

ふと、奥の部屋の扉が開いているのに気付いた。二一〇号室だ。大きな段ボールが、扉をがっちりと支えている。

「新しい入居者かな……」

どんな人か、興味はあった。

けれど、メフィストさんが入れる人だ。何らかの業を抱えた人のはずだ。ごく普通の業ならば構わない。でも、あの銀行強盗みたいにアグレッシブだったらどうしよう。突き付けられた包丁の鋭さを思い出す。足が、自然と自分の部屋に向いた。

鉢合せをしないようにしよう。そう思って、財布の中から鍵を取り出そうとしたその時だった。

「あっ」

二一〇号室の住民が、廊下に出てきたのだ。その人物を目にした僕は、思わず息を呑んでしまった。

美少女だった。流れるようなダークブラウンの髪をツインテールにした、長い睫毛《まつげ》の女の子だ。チェックのリボンと、それに合わせたチェックのスカートが可愛《かわい》らしい。黒いニーソが彼女の美しい脚のラインを強調している。

少しばかり小悪魔じみているが、決して下品ではなく、ある種の高貴さをまとっていた。ベビーフェイスだけど、やけに落ち着いていて、もしかしたら、僕と同じ年頃かもしれなかった。

こんな子がカノジョになってくれれば、毎日が楽しいかもしれない。ネットゲームのランキングやレア装備のことも忘れられるかもしれない。

ちら、と彼女がこちらを見た気がした。黒目がちな可愛らしい瞳だ。

「あ、あ……、あの」

自己紹介をしようとする。けれど、緊張して言葉が出ない。

「ぼ、ぼ、ぼく……、か、か、葛城……」

「キモッ」

容赦ない一言。

自己紹介が済む前に、しかめっ面《つら》の美少女は段ボールを抱えて、二一〇号室に引っ込んでしまった。

キモッ。その二文字半が、僕の心に突き刺さる。

僕が固まっていると、二〇一号室の扉が開く。「カズハか。大学の授業は終わったのか」とマキシが現れた。

「ま、マキシぃ……」

「どうした？」

マキシは相変わらず無表情だ。

だが、メフィストさんみたいに胡散臭い笑顔も湛《たた》えないし、あの美少女みたいに蔑《さげす》んだ顔もしない。

「うわーん、マキシぃぃぃ！」

気付いた時には、僕は某猫型ロボットにすがりつく眼鏡《めがね》の少年のように、マキシに泣きついていたのであった。


「つまり、カズハは初対面の相手に気持ち悪いと蔑まれて、精神的打撃を受けたということか」

「そういうこと。一字一句間違っちゃいない」

僕はマキシの部屋に来ていた。壁にモニタがあったり、妙な操作パネルが埋め込まれていたりする未来的な部屋に住んでいるのかと思いきや、僕の部屋と同じく、六畳の和室だった。備え付けの家具もそのままだ。まあ、当たり前か、と納得する。

ただし、生活感はない。玄関からすぐのキッチンには火の気がなかったし、バスやトイレの扉を開けている気配もなかった。

「なあ、僕ってそんなにキモいかな」

「気持ち悪い。生理的嫌悪感を覚える。そういった感情は、きわめて主観的なものだ。

俺は該当人物ではない。よって、正確な判断が出来ない」

「じゃあ、一般的にどうかな。百人いたら、五十人以上がキモいと思いそう？」

「外見上、そう判断される要素はない。カズハは大衆が生理的嫌悪感を覚える外見ではない」

見た目はキモくない。マキシに断言されると、勇気が湧いてくる。

「じゃあ、無茶苦茶口ごもっていたのが良くなかったのかな。あれじゃ不審者だし」

「カズハがそう判断するのならば、その可能性は高い」

マキシは澄ました顔――と言っても無表情なのだが――で言った。

「にしても、口が悪いよな。あんなに可愛くても、キモッなんて言われた日には百年の恋も冷めるって」

「カズハはその生が始まる前から『恋』をしていたのか？」

「たとえ話だよ、たとえ話」

ひらひらと手を振る。マキシは話を真剣に聞いてくれるけど、ジョークの類《たぐい》が通じないのが寂しい。

「あの子、今日引っ越して来たんだよな？　何者なんだろう」

「名前は加賀美薫《かがみかおる》。十八歳。都内の大学に通いながら、モデルの仕事をしている」

マキシはすらすらと美少女のプロフィールを口にしてみせた。

「十八で大学生！　僕と同じじゃないか！」

しかも、モデルとは。確かに可愛かったし、女の子にしては背が高めで、華奢《きゃしゃ》だけど弱々しさはなく、骨格がしっかりしていた。幼い顔立ちを残しつつも大人っぽい、あの子ならば、どんな服でも着こなしてしまいそうだ。

「しかし、モデルで性格が悪いなんて、漫画のお約束パターンだよなぁ。そんなんじゃ、カレシは出来ないぞ」

「カズハは」

「うん？」

「性的な目で加賀美薫を見ていたのではないだろうかと、俺は推測する」

マキシはさらりと爆弾発言をよこした。

「性的って！　そんなセクハラじみたことはしてません！」

「『彼女』にしたい、という願望はなかったのか？」

はた、と口を噤《つぐ》む。

「図星だったようだな」

「だ、だって。妹がカノジョを作れって言ってたから、つい」

もごもごと口ごもる。我ながらかっこ悪い。

「場合によっては、セクシュアルハラスメントに該当する。『下心』を抱きながら他者を見つめるのは感心しない」

マキシはいささか、呆《あき》れているようにも見えた。

「わかったよ。気を付けるって。でも、相手の見た目があまりにも良いと、悪意がなくてもそう思っちゃうんだよ。分かるだろ？」

「………………」

沈黙。マキシの無表情が、困惑を訴えているようにも見えた。

「あ、ごめん。分かりにくい質問だったかな」

「俺はアンドロイドだ。人間のような『恋』や『下心』という感情はない」

「おっしゃる通りで……」

しかし、マキシの話はそれだけで終わらなかった。「だが」と続ける。

「そう断言するとカズハとのコミュニケーションが絶えてしまう。ゆえに、葛藤していた」

「ごめん、ごめんってば。今のは無し。僕が悪かったってば」

苦悩しているように見えるマキシの背中をポンと叩く。

「それにしても、そんなことで葛藤するとはね。マキシも意外と、人間らしいな」

「俺はアンドロイドだ」

「わかってるって」と肩をすくめる。

「そして、未来から来た猫型ロボットだ」

「それはわかんないな……」

真顔のマキシから、そっと目を逸《そ》らす。

「けど、マキシがそれだけ繊細な判断が出来るんだったら、好みを見つけて、興味を持ち、趣味の何かを始めることも出来そうだよな」

「好み……」

「何かを見て好ましいと思ったことはない？　好ましいって、難しいかな。たとえば、ずっと見ていたいとか、ずっと触れていたいとか、そばに置きたいと思、ううん、判断したりとか……」

出来るだけ、マキシ語に変えてやる。僕の問いに、マキシは真剣に考えているようだった。

「ある」

「どんなものに対して、そう思った？」

「緑だ」

「緑？　草木の、緑？」

「そうだ」とマキシは頷く。

「そっか。自然が好きなのか！」

「自然が、好き。そうなのかもしれない。草木が風に揺れているのを見ると、触れたくなる。花が咲いていると、見守りたくなる。そういった行動が、『好ましい』と思っている証拠になるのだと、俺は判断した」

「そうそう。間違ってない。その通りだよ、マキシ」

僕は何度も頷《うなず》く。

「自然を慈《いつく》しむアンドロイドなんて、素敵じゃないか！　そうだ。部屋に観葉植物を置きなよ。きっと、マキシらしくていい部屋になるって」

「うん。折角なんだから、自分の部屋は自分らしくした方がいいって。僕も、バイト代が貯まったら、スペックが高いパソコンを買って、ネットゲームが出来る環境を整えるつもりだし」

「俺らしい？」

「自分らしい……」

マキシは意味をかみしめるように繰り返す。

「買いに行くなら、ついていこうか？　パキラとかポトスとかがあるとオシャレかも。マキシはどんなのを部屋に置きたい？」

そんな観葉植物が一つあるだけで、六畳の和室はかなり華やかになるはずだ。

「俺は、じっくりと育て、観察できるものがいい」

「じっくりと……？」

「そうだ。日々少しずつ変化して、長く観察できるものを希望する」

「……こ、コケ盆栽かな」

「では、それを希望する」

六畳の和室にひたすら似合うものになってしまった。

「まあ、いいか。コケ盆栽は可愛い器が増えてからは、女の子も好んでやるようになったらしいし。だからまあ、いろんなところに売ってると思うけど……」

兎《と》に角《かく》、ついて行くよ。とマキシに宣言する。

「有難う、カズハ」

「お礼を言われるようなことは、まだしてないって」

思わず苦笑をこぼす。繊細なうえに、律儀なアンドロイドだ。

「それにしても、あの美少女は薫ちゃんっていうのかぁ」

畳の上に寝っ転がる。僕の部屋と同じ天井だけど、どこか味気ない。

「メフィストさんが招いたってことは、何らかの罪を犯しているってことなんだよな？　大きな罪じゃなければいいんだけど」

「すべては、深夜にわかる」

「深夜？」

「深度の変化は深夜だ。深度が大幅に増すのならば、それだけ重大な罪を犯している。

いや、先日のカズハの報告内容を考えると、罪の意識が大きいということか」

「うん。そうだな……」

加賀美薫。気持ち悪いと言われたことは心底腹が立つし、澄ましやがってという気持ちがないわけではない。

だけど、大きな悩みを抱えているかもしれないと思うと、憎めなかった。

「なあ、マキシ」

「なんだ」

「夜まで、この部屋にいていい？」

「構わないが、なぜだ？」

「誰かといたい気分なんだ」

「そうか」

マキシはそれ以上追及しない。黙って目を伏せている。『誰かといたい気分』という感情を理解しようとしているようにも見えた。

僕は、そんなマキシの沈黙が嫌いではなかった。彼の端的すぎる返答も、堅苦しい発言も、いっそのこと、心地よかった。

マキシの隣にいるのは悪くない。友達、という関係はあながち、間違っていないような気がする。

問題は、マキシが僕をどう思っているか、だが。

『友達』と宣言したのは彼だけど、飽くまでも、あれは僕のことを気遣ったためだろう。

「あのさ、マキシ……」

いっそのこと本心を聞いてみよう。マキシならば、包み隠さずに答えてくれるはずだ。

そう思った、矢先のことだった。

「ぎゃあああ！」

悲鳴。奥の部屋からだ。

マキシはすぐさま立ち上がり、飛ぶように部屋を出る。僕も続いた。

「二一〇号室だ」

「加賀美薫の部屋か！」

扉は半開きになっていた。マキシと僕は、その中になだれ込む。

「大丈夫か、薫ちゃん！」

「ひぃ！」

加賀美薫は短い悲鳴をあげる。よく見ると、肌色が随分と多い。状況を呑み込んだ僕は、思わず顔を赤くする。

「あっ、ご、ご、ごめん！」

着替え中だった。着ようとしていたらしいタートルネックで胸を完全にガードしていてくれたのが有難い。キモいと言われた上に、変質者にはなりたくなかった。もう遅いかもしれないけれど。

「な、なんだよ、お前たち！」

「悲鳴があがった。緊急事態だと判断し、侵入した」

女子の着替えを前にしても全く表情を変えず、マキシは答えた。

「そ、そっか。それじゃあ、こいつをどうにかしてよ！」

加賀美薫が指さした先には、奇妙な生き物がいた。

トカゲと鳥を混ぜたような生き物。それが、第一印象だった。ニワトリくらいの大きさのそれは、長い尻尾《しっぽ》をふりふりとさせながら、二本足で立っている。すらりとしたシルエットだが、足には鋭いかぎ爪がついている。そしてその体は、羽毛に覆われていた。青みがかった羽毛がもふもふとしていて、思わず撫《な》でたくなる。

その、鳥みたいな爬虫類が、加賀美薫の足元に、ちょこんと立っていた。やって来た僕らを見て、大きな瞳をきょろきょろさせている。

「なんか……可愛いな。けど、なんだろう、これ。見たことがあるようなシルエットだけど」

「恐竜の幼体だ」

恐竜。

「え？」と聞き返す。有り得ない単語が聞こえたような気がした。

「もう一度言おう。恐竜の幼体だ。更に言えば、小型獣脚類《じゅうきゃくるい》ヴェロキラプトルの幼体だ」

「ヴェロキラプトル!?」

僕と加賀美薫の声が重なる。

「聞いたことがあるぞ。それって、もしかして、スティーブン・スピルバーグの『ジュラシック・パーク』に登場していた恐竜じゃないか？　あの、人間よりちょっと大きいくらいのサイズで、すばしっこくて集団で狩りをして、頭がいいやつ！」

「そうそう。ＤＶＤで見たことがある。賢くて凶暴なんだ！」

高い知能と複数体の連係プレーが脅威だった。その上、きわめて凶暴な肉食恐竜だったため、何人もの人間が食い殺された。

後ろ足についている大きなかぎ爪は可動式で、走っている時は上向きに出来、獲物を捕らえる時は下向きにして叩き込むことが出来るらしい。まさに、ハンターと言える存在だ。

ジュラシックシリーズを通して登場するので、どうしても頭に残る。僕は『ラプトル』と聞いただけで震えあがってしまう。まあ、『ジュラシック・ワールド』のラプトルは、若干親しみやすくなっていたけれど。

それはともかく。

「件《くだん》の映画のヴェロキラプトルは、実際のヴェロキラプトルよりも大きく描かれている。作中でも、ヴェロキラプトルの親類という設定だ。また、この時代の研究では羽毛が生えていたという説がある」

マキシは淡々と言った。

「そ、それにしてもさ。こいつ、ほぼ鳥じゃん！　いや、鳥にしてはカッコよすぎて恐竜にしては可愛いっていう、帯に短し襷《たすき》に長しみたいな外見じゃないか！」

「そうそう。これじゃ毛玉だよ。毛玉！」

加賀美薫も激しく同意してくれる。

毛玉と呼ばれたヴェロキラプトルの幼体は、「くるるる」と喉《のど》を鳴らして首を傾《かし》げている。凶暴さのかけらもない、可愛らしい姿だ。

「っていうか、恐竜は絶滅したはずだよ。こんなところにいるなんて、おかし過ぎる。有り得ないよ」

加賀美薫が言うことは尤《もっと》もだ。

「だが、そこに存在しているのは事実だ」

「そりゃあ、そうだけど……」

「このアパート、そういう仕様だから……」

腑《ふ》に落ちない顔をしている加賀美薫に、精いっぱいのフォローをする。けれど、「わけわかんない」と首を横に振るだけだった。ご尤もだ。僕もまだ、よくわかっていない。

「だが、おかしい点もある」

「そもそも、おかしいのは、このアパートの仕様だけどね」と僕は漏らした。

「ヴェロキラプトルが生息していたのは白亜紀《はくあき》後期。つまり、中生代だ。しかし、最下層はまだ、新生代のはずだ。なぜ、それ以前に生きていた生き物が現れた……」

確かに、冷静になってみればおかしな話だ。

最下層の扉のすぐ向こうがワンダーワールドなので、うっかり扉が開いて、うっかりワンダーランドの生き物がやってきてもおかしくはない。動物園の檻《おり》が偶然開いていて、動物が逃げ出したとか、そんなシチュエーションと同じだ。

しかし、ワンダーランドに存在すらしない生き物がいるのは、おかしい。

「新生代にもヴェロキラプトルがいたとか」

「そうなれば、世紀の大発見だな。そもそも、現時点で発見されていない生き物は、原則として現れないものと思われる」

最下層に何度か侵入して、分析した結果だ。とマキシは断言した。

「よ、よくわかんないけどさ。地殻変動、があったんじゃない？　その深さで有り得ないものが見つかるのは、地殻変動のせいだった気がする」

そう言ったのは、加賀美薫だった。「地殻変動？」と僕が問うと、「うん」と頷く。

「地下のマグマの活動や、地震の影響で地層が押し上げられ、それが風化したり浸食されたりすると、古い地層が表面に出ることがあるんだよ。恐竜みたいな古い時代の生き物の化石は、そういう場所から見つかるみたい。普通だと、あんまりにも深いところにあるから、掘り起こすなんて不可能なんだって」

「へぇ、薫ちゃんは博識だな！」

「……じょ、常識だよ」

加賀美薫は目を逸らす。白い頰《ほお》が少しばかり赤く染まっていた。照れ隠しらしい。可愛いところもあるじゃないか。

「地殻変動。なるほど。実際の地層と魔法的要素がその影響を受けている可能性も否定できない」

「は？　魔法……？」

「このアパート、そういう仕様だから……」

耳を疑いたくなる気持ちはよくわかる。でも、そういう仕様だからと納得するしかない。

「くるるる」

羽毛の生えたヴェロキラプトルの幼体は、ちょこちょこと歩み寄る。

加賀美薫は、「ひぃぃっ」と後ずさりをする。一方、ヴェロキラプトルの幼体は「くるるっ」と甘えた声ですり寄ろうとする。

だがその瞬間、「触《さわ》るな！」という加賀美薫の一喝が響いた。ヴェロキラプトルの幼体は、びくっと体を震わせる。

「ぼくに触るなよ、毛玉！　ぼくは、毛の生えた生き物が嫌いなんだ！」

「くるぅ……」

毛玉と呼ばれたヴェロキラプトルの幼体は、長い尻尾をへにゃりと下げる。器用そうな前脚を力なく落とし、すごすごと引き下がる。

「ちょ、流石に可哀想じゃあ……」

加賀美薫を諫《いさ》めようとしたその瞬間、前を覆っていたタートルネックが落ちた。押さえていた片手でヴェロキラプトルの幼体を払ったせいだ。

目の前に晒《さら》された光景は、決定的に何かが間違っていた。

露《あら》わになった加賀美薫の胸は、平坦だった。貧乳とかそういうレベルではない。無いのだ。存在していない。強《し》いて膨《ふく》らみがあるとしたら、筋肉と思しきものか。

「あ、あの、それ……」

言葉が出ない。僕が言わんとしていることを察したのか、加賀美薫は胸を張ってこう言った。

「残念だったね。ぼくは男さ」

「マジで!?　ええっ、ええー!?」

薫ちゃんじゃなくて、薫君だった。

けれど、顔はどう見ても女の子だ。体つきは、やせ形の男子に見えなくもないけれど。

「ど、ど、どうしてそんな格好を！」

「そ、それは……」

加賀美薫は言い難《にく》そうに口ごもる。

その時だった。

「ヴェロキラプトルの幼体が逃走した。追跡を開始する」

マキシが発した言葉に、僕らは現実に引き戻されたのであった。

僕はマキシに並ぶ。ヴェロキラプトルの幼体はてってってってってと先に行く。どうやら、階段を目指しているらしい。

「おい、マキシ」とマキシを小突く。

「なんだ」

「なんだ、じゃない。どうして教えてくれなかったんだ」

「何を」

「こいつ、しらばっくれやがって！　加賀美薫が、男だってことをだよ！」

「聞かれなかったから、答えなかった。重要な情報ではないと判断した」

「一番重要な情報じゃないか！」

思わず手が出る。マキシの脇腹を軽く殴るが、返って来たのは鉄の感触だった。

「痛っ！」

「カズハ、危ないぞ」

「遅い。忠告が遅い……」

痛む拳を摩《さす》りながら、精いっぱい毒づいてみせた。

一方、ヴェロキラプトルの幼体は階段を降り、最下層を目指す。

「流石はラプトル。すばしっこいな……」

「体は軽く、走るのに適している。小型の草食恐竜であれば襲っていたそうだ。その証拠に、ヴェロキラプトルが草食恐竜プロトケラトプスを襲っている姿の化石が発見されている」

「そりゃあ、動かぬ証拠だな。でも、どうしてそんな状態で化石になったんだ？」

「諸説あるが、格闘の最中に砂嵐などに巻き込まれて、生き埋めになってしまった可能性もある。発見された場所は、砂漠だったからな」

「そりゃあ、どっちも浮かばれないよなぁ……」

「そんなことより、あれを見ろ」とマキシ。

「あっ……！」

例の恐ろしげな黒い扉は、半開きになっていた。誰かが開けっ放しにしたのか、古生物が開けてしまったのかは分からない。とにかく、ヴェロキラプトルの幼体は、その中へと消えていった。

「帰っちゃったな……」

「いるべき場所に戻ったのならば構わない。あれは、どう考えても扉の向こうの生き物だからな」

マキシは立ち止まり、踵《きびす》を返す。僕は「うぅん」とうなった。

「どうした？」

「いや、このまま放っておいていいのかなと思って。なんか、可哀想だったし。それに、この先はまだ新生代なんだろう？　ヴェロキラプトルが本来いない時代なんだったら、あいつ、一人ぼっちなんじゃないか？」

「そうだな」

「そうだな、って……」

「カズハは、何を望んでいる？」

マキシは僕と向き合う。ガラスのような瞳が、真っ直ぐと、観察するみたいにこちらを見つめる。

「多分、あの子は迷子なんだ。だから、保護して家族を……」

「やっと追いついた！」

ドタバタという足音とともに、加賀美薫が階段を降りてきた。今度はちゃんと服を着ている。

「な、何しに来たんだよ」

「あいつは!?」

僕の質問に答えず、加賀美薫は辺りを見回す。そして、禍々《まがまが》しい彫刻が施《ほどこ》された真っ黒い扉に、「うわっ」と声を漏らした。

「あいつって、あのヴェロキラプトル？」

「そうだよ。こっちに逃げてきたよね？」

「逃げてきたけど、帰っちゃったぜ」

僕は黒い扉の方を指さす。半開きのそれを、加賀美薫は凝視していた。

まるで、人が生きながらにして埋め込まれたようなデザイン。しかも、室内に通じているはずだというのに、扉の向こうからはやけに自然な光が漏れている。何処からどう見ても、胡散臭《うさんくさ》い。

「こんな深いところまで階層があったなんてびっくりだけど、まさか、最下層にこんなものがあるなんて……。一体、この先に何があるの？」

「地下世界に繋《つな》がっている」

マキシはさらりと言った。

「地下世界？」

「そうだ。詳細な説明は省くが、このアパートはある条件を満たすと下層が増える。すると、その深さによって、この扉の向こうの世界が変化する」

「……な、なんだかよくわからないけど、ヴェロキラプトルの幼体もいたことだし、あんたは嘘をついている感じがしない」

加賀美薫はそわそわと扉の方を見やる。けれど、中に踏み込む勇気はないようだ。

「何をしに来たんだ？」と今一度問う。

「あの毛玉、どうなったかと思って」

加賀美薫は気まずそうだった。

「なんか、悲しそうな顔をしているように見えたし。だから、つい……」

「あんなに邪険に扱ったのに」

「そ、それはっ！」

加賀美薫は食って掛かろうとする。しかし、すぐにしぼんだように肩を落とした。

「仕方ないじゃん。幼いころ、毛むくじゃらの犬に襲われたんだ。それ以来、毛が生えているものがダメなんだよ」

「ああ、トラウマ持ちか……」

加賀美薫は頷く。

「しかし、ヴェロキラプトルの幼体の様子があまりにも可哀想だったから、心配になってやって来た。そういうことか？」

「ど、どう思っていたかは、どうでもいいじゃん」

マキシに見詰められて、加賀美薫は顔を逸らす。実に分かり易《やす》い。

「って言っても、あいつ、あっち側に戻っちゃったしなぁ」

「………そう」

罪悪感。目を伏せた加賀美薫の表情には、それがありありと刻まれていた。

僕は、眉間《みけん》を揉《も》む。

「なあ、あいつのこと、捜す？」

「えっ？」

加賀美薫は顔を上げる。「僕も捜したかったし、手伝うよ」と僕は言った。

「いいの？」

「ただし、この先は危ないけどな。この前なんて、マンモスに襲われたし」

「マンモスまでいるのか……。ホントにどうなってるんだ、ここ」

「それでもよければ、僕は手伝うよ」

「……ありがと」

ぽそぽそと、消えてしまいそうな声で言う。

「ならば、俺も同行しよう」

黙って様子を見ていたマキシが、口を開いた。

「本当か!?　それなら、百人力だ！」

「ただし、三分だ。三分以内に見つからなかった場合は、撤収する」

マキシは指を三本立てる。

僕らは顔を見合わせた。加賀美薫の目には、決意が宿っている。

答えは、一つしかなかった。


以前、僕が潜った時よりも深度が増している。しかし、大した深さではない。

マキシはそう言ったものの、油断は出来ない。

この先でいきなり怖い生き物が待っていませんようにと祈りつつ、扉を開く。

するとそこは、この間の氷の洞窟ではなかった。ごつごつした岩の洞窟だ。下は砂地で、きめの細かい砂が流れるような模様を描いている。

ところどころに、背の低い草が生えていた。天井が地上に通じているのか、光が漏れているところがある。

そんな光に照らされながら、上から砂が絶え間なく零《こぼ》れ落ちていた。まるで、砂時計みたいだ。

「なんか、綺麗……」

加賀美薫は目を輝かせる。落ちる砂は光を受けて、キラキラと光っていた。

天井は相変わらず高い。草だけじゃなくて、木が生えていたって大丈夫なほどだ。

そんなことを考えながら歩いていると、草を食《は》んでいる生き物を見つけた。

「あっ、馬……にしては大きい……」

しかも、よく見ると馬というよりは貘《ばく》や駱駝《らくだ》に似ている。大きさなんて、動物園で見た駱駝そのものだ。

「あれは、マクラウケニアだ。この地層は、新生代中新世末期から更新世末期にかけてのものだろう」

「深度が深くなったってことは、マンモスよりも前に生きていた生き物ってこと？」

「マクラウケニアはマンモスと同じ時を生きていたこともあったが、マンモスよりも前に地球上にいた」

「なるほどね」と改めて、駱駝と獏を混ぜたような生き物を見る。

「やっぱり、恐竜時代はまだなんだよな……？」

「恐竜が繁栄していたのは、三畳紀《さんじょうき》後期から白亜紀末期だ。この時代よりも――」

「待って」

制止したのは、加賀美薫だった。

「どうしたんだ？」

「やっぱり『仕様』じゃ納得できないよ。なんで、絶滅した生き物がこんなに普通にアパートの地下にいるんだ」

「アパートの地下なのではなく、地下アパートだ」とマキシが訂正する。

「どっちでもいい！」と加賀美薫は声を荒らげる。

「魔法、って言ったよね。あの、大家のメフィストさんは、何者なの？」

僕とマキシは顔を見合わせた。

「その辺も、説明しておいた方がいいかな」

「俺がする。時間がない」

そう言えば、マキシは三分で切り上げると言っていた。それが何を示しているのかは分からなかったけれど、説明は彼に委《ゆだ》ねることにした。

実に簡潔に、無駄なく、シンプルに、マキシは事情を話す。加賀美薫の大きな瞳が点になっていたのは、言うまでもない。

因《ちな》みに、「は？」というのが第一声だった。

「おいおい。メフィストさんが本物の悪魔で、業の深い人間を集めて穴を掘ってるだって？　ははっ、厨二病も大概にしなよ。ないない。有り得ない。っていうか、メフィストフェレスっていう痛い名前も、ハンドルネームかなにかでしょ？　本名は結構平凡で、山田太郎《やまだたろう》とか」

苦笑する加賀美薫は、全国の山田太郎さんに謝らなくてはいけない。

「でもやっぱり、あんたが嘘をついているようには見えないんだよね……」

マキシに真っ直ぐに見つめられ、加賀美薫は頭を抱えた。

「メフィストフェレスが悪魔だという事実は、確定している。奴は、心臓を貫かれても死なない」

「心臓って……。もしかして、貫いたのか？」

僕の問いに、「ああ」とあっさり頷いた。

「『ああ』じゃないよ！　ホントにやったのか!?　僕が大学に行ったりバイトしたりしてる時に、二人で死闘でも繰り広げてたのか!?」

メフィストさんが、『胸が痛い』と言っていたのは、その所為《せい》だったのか。加賀美薫はすっかりドン引きしている。青い顔で、しばらく固まっていた。

しばらくして、彼は「わかった。夢だ」と言った。僕と同じ反応だ。

「夢じゃないって。ほら」

僕は加賀美薫の頬を軽くつねる。やわらかくて、しっとりとした頬だ。

「いたい！」

加賀美薫はお返しと言わんばかりに僕の頬をつねる。

「いった！　ねじるなよ！　倍返しどころじゃないぞ！」

「煩《うるさ》い。マシュマロの肌に勝手に触《ふ》れた罰だ！」

「自分でマシュマロとか言うなよな！」

加賀美薫と僕は睨《にら》み合う。一方、マキシはさっさと歩き始めてしまった。

「あっ、マキシ！」

「ヴェロキラプトルの幼体を捜しに来たのだろう？」

「そうだった！　行こう、加賀美！」

「……ちぇ」

加賀美も渋々と歩き出す。

「おーい、毛玉！」

「毛玉!?」

「文句でもある？　あいつ、どう見ても毛玉じゃん」

加賀美はつんと口をとがらす。

「毛玉は可哀想だろ。もっと、可愛い名前を付けてやりなよ」

「可愛い名前ぇ？　……団十郎《だんじゅうろう》とか？」

「うわっ、歌舞伎《かぶき》上手そう！」

可愛い顔のくせに、ネーミングセンスは壊滅的だった。

「それじゃあ、お前の意見を聞かせてよ。人に彼是《あれこれ》言うからには、可愛い名前を考えられるんだろ？」

「うっ」

そう言われると辛い。

「た、タマとか……」

「猫じゃん」

「毛玉よりはましだと思うけどな！」

毛玉の玉を濁《にご》らせずに使ってみた。加賀美の意見も活かした、我ながら素晴らしいアイディアだ。

「毛玉ー！」

「タマー！」

好き放題の名前で呼ぶ中、マキシだけは黙々と捜していた。草をかき分けても、小さなネズミのような生き物がいるだけで、タマの姿はない。

「そろそろ、潮時だな」

マキシが踵を返そうとする。その時だ。「くるぅ……」という弱々しい声が聞こえたのは。

「毛玉！」

咄嗟《とっさ》に振り向いたのは、加賀美だった。

次の瞬間、鼓膜をつんざくような咆哮《ほうこう》が響き渡る。まるで虎だ。僕も加賀美に倣《なら》って見やる。すると、信じられない光景があった。

「さ、サーベルタイガーがいる……!?」

いつか図鑑で見たその名前を叫ぶ。

サーベルタイガー。その名の通り、サーベルのような牙をもったトラのような生き物だ。体はしなやかだし、巨大な牙も相まって、いかにもハンター然とした姿をしていた。マキシは、「スミロドンだ」と付け加えてくれる。

そんなサーベルタイガー数頭に、タマはすっかり囲まれていた。タマは「しゃーっ」と羽毛を膨《ふく》らませて威嚇《いかく》するものの、サーベルタイガーが低く唸《うな》っただけで縮こまってしまった。

「タマが、サーベルタイガーに襲われている……」

「いや。サーベルタイガーが本気でヴェロキラプトルの幼体を襲おうとしたのなら、既にヴェロキラプトルの幼体は亡き者になっているはずだ。恐らく、ヴェロキラプトルの幼体――タマからサーベルタイガーの群れに向かったのだろう」

マキシも、さり気なくタマ呼びになっていた。

「どうしてそんなことを？」

「寂しかったんだ」

答えたのは、加賀美だった。

「あいつ、一人ぼっちだから……。他にヴェロキラプトルが居なくて、寂しかったんだ。だから、似たような雰囲気の家族のところに、甘えに行ったんだよ……」

「加賀美……」

追い詰められたような横顔が気になる。まるで、そんなタマに共感していると言わんばかりだ。

「くるる……」とタマのか細い声が聞こえる。

「あのままじゃ、タマが食べられちまう。マキシ、頼むよ」

「…………」

無言。マキシは微動だにしない。

「マキシ？」

もう一度名前を呼ぶと、ハッとする。反応が鈍いなんて、彼にしては珍しい。

「タマを救う。それが、カズハの願いか」

「う、うん。だって、なんか可哀想だし」

「わかった。『友達』の願いは叶えよう」

マキシはジャケットを脱ぐ。一見すると人間と変わらないが、その正体は、マンモスと渡り合うほどのパワーを持ったアンドロイドだ。実に頼もしい。

今回も、マキシ無双《むそう》でサーベルタイガーを一網打尽にしてくれるに違いない。

「だが、三分だ」

「へ？」

そう言えば、マキシは三分経ったら撤退をしようと言っていた気がする。そして、既に三分経ったのではないだろうか。

次の瞬間、ドンッと空気が破裂する。マキシの右腕が飛び、サーベルタイガーどもを殴りつけた。

「ロケットパンチ!?」

次々と痛々しい音が響き、サーベルタイガーはもんどりうって転がった。

「な、なんだ、これ……。腕、飛んだよね……？　しかも、断面が機械……」

マキシの正体を知らない加賀美は息を呑む。

「実は、マキシは未来から来た――」

「猫型ロボットだ……」

すかさず、マキシが口をはさんだ。

「もう、そのネタはいいってば！」

ツッコミをするものの、マキシの様子がおかしい。ロケットパンチを繰り出したポーズのまま、固まって動かない。

殴られたサーベルタイガー達は、文字通り尻尾を巻いて逃げていく。しかし、一頭だけはふらふらと立ち上がった。殺気の消えない双眸《そうぼう》で、こちらをねめつける。

「マキシ！」

「活動限界だ」

「えっ？」

「帰還する分の動力は、今の攻撃で使用してしまった。ボディを動かすだけの動力が残っていない」

マキシは淡々と述べる。しかし、その無表情の横顔に、焦《あせ》りが滲《にじ》んでいるように見えた。

「ど、動力切れってことか？」

「そうだ。充電をし損ねた」

「どうして、そんな重要なことを忘れるんだよ！」

「忘れてはいない。『友達』と過ごすことを優先にした」

その言葉にはっとする。

二〇一号室の前でマキシに会ったのは、もしかしたら、マキシが充電とやらをしに行こうとしていたのではないだろうか。部屋にはアンドロイドを充電できそうなものはなかったし、どんな手段でするかはわからないけど、とにかく、そのために外に出るつもりだったんじゃないだろうか。

「マキシ。もしかして、僕の所為《せい》じゃ……」

「……」

マキシは押し黙る。残りのパワーを使うまいとしているのか、質問に答える気がないのかはわからない。

サーベルタイガーは、僕らとタマを交互に見やる。タマは、地面に転がるマキシの腕に隠れようと、必死になっていた。タマの長い尻尾が、隠れるわけがないのに。

サーベルタイガーの視線が定まる。狙いは、小さくてか弱くて、肉が柔らかそうなタマの方だった。

「くっ！」

気付いた時には、駆け出していた。

「お、おい、お前！」

加賀美の止めようとする声が聞こえないわけではなかった。サーベルタイガーの極太の牙が見えないわけではなかった。でも、体は止まらなかった。

タマに駆け寄ってその体を抱き、マキシの腕を握りしめる。

「あっちに行け！　また、こいつを一発くらわすぞ！」

マキシの腕を振り上げる。けれど、サーベルタイガーは低く唸ってこちらを見ているだけだ。

「あっちに行けってば！」

タマをしっかりと抱いて踏み込む。すると、あっちも踏み込んできた。

「ひえっ」

こちらの恐れを察するように、タマが腕の中で震える。爬虫類だというのに、なんだか温かかった。これが、あの狡猾《こうかつ》な肉食恐竜であるヴェロキラプトルなんだろうか。幼体という名がふさわしい、弱々しい命じゃないか。

「タマ、お前は絶対に守る！」

腕の中で、タマは「くるるぅ……」と小さく喉を鳴らした。大きな目が不安そうにきょろきょろしてる。

そんな僕らに、サーベルタイガーはにじり寄る。鋭い目には、殺意が燃えたぎっている。

「タマ、お前は、……ろ、六割くらいは守る！」

食べられそうになる瞬間、マキシの腕を投げつければいけるだろうか。でも、僕には投擲力《とうてきりょく》がない。野球でも、ミスター・ノーコンとからかわれるほどだ。

グルルル、とサーベルタイガーが唸る。次の瞬間、真っ赤な口を開けて飛びかかって来た。

「わー！　暴力反対ー！」

思わずタマを抱きしめたままうずくまる。

その時だった。「待て！」と加賀美が叫んだのは。

ごっと痛そうな音がした。拳《こぶし》ほどの石が、サーベルタイガーの頭に投げつけられたのだ。

「そんなやつ、食べても美味《うま》くないぞ！　食べるなら、ぼくを食べるんだ！」

黒のタートルネックにチェック柄のミニスカート、ニーソックス姿の美少女に見える女装男子は、どーんと自らの身体《からだ》を投げ出す。

「ば、ばか！　挑発はダメだ！　お前じゃ避《よ》けられないぞ！」

僕もだけど。

「誰が避けるか！」

加賀美が不敵に叫んだのと、怒ったサーベルタイガーが跳んだのは、同時だった。

サーベルタイガーの武器は凶悪な牙だけではない。肉を易々《やすやす》と引き裂きそうな爪もある。

その爪が、まさに、加賀美の服と柔肌《やわはだ》を裂かんとしたその時、加賀美が動いた。

「これでも食らえ！」

手にしていたのは、香水だった。

シュッという音とともに、女子力が高そうな甘ったるい香りが放たれる。それを敏感な鼻にまきちらされたサーベルタイガーは、たまったものではなかった。

「ギャン！」

悲痛な悲鳴。サーベルタイガーはその場でもだえる。

「今だ、逃げろ！」

僕はタマを、加賀美はマキシを抱えてその場を去ろうとする。しかし、加賀美の方は動かなかった。

「重い！」

「……あらゆる強化金属の装甲を身にまとっているからな」とマキシ。

これでも軽量化したんだが。と言わんばかりの雰囲気を感じる。

仕方がないので、タマを小脇に抱え、僕も手伝う。だが、びくともしない。

「すっごく重い！」

「俺のことは置いて行け」

「そんなこと、出来るわけないじゃないか！」

そう、僕らは『友達』だ。見捨てていくことなんてできない。

「だが、サーベルタイガーの牙ごときで、俺の装甲は破壊できない」

「えっ、やばい。すごく置いていきたくなってきた」

僕らは『友達』だ。だが、相手が平気というのならば、置いていくのもありかもしれない。

「いやいや」

慌《あわ》てて首を横に振る。

加賀美の方は必死だった。細い腕で細い体なのに、顔が真っ赤になるまで踏ん張っている。

それなのに、僕だけ逃げるなんて出来ない。

「くるるるっ！」

タマが鳴く。よろよろとしながら、サーベルタイガーはこちらにやって来た。まだ、諦めていなかった。

「あ、あきらめの悪い男は嫌われるぞ！」

「ライオンの狩りはメスが主体になるらしいから、メスかもしれない……！」と加賀美は踏ん張りながらツッコミをする。

「それじゃあ、ストーカー!?」

「ああ。カニバリズムのヤンデレだ！」

あまりにもマキシが動かな過ぎて、軽口しか出て来ない。悲鳴を上げる余裕もない。

「ガアアッ！」

ご立腹のサーベルタイガーは吠える。頭を振り乱し、僕らに目掛けて一直線だ。

絶体絶命。

その一言が頭を過ぎる。

「やれやれ。潮時ですかねぇ」

メフィストさんの声だ。

その瞬間、周囲の景色は消え、僕らはあの扉の前にへたり込んでいた。マキシに加賀美、タマもちゃんといる。

「いやぁ、お疲れ様です。皆さん、大冒険でしたねぇ」

メフィストさんは、胡散臭い笑顔を張り付けてへらへらと笑っていた。僕らは目をぱちくりさせる。

「今、何をやったんです……？」

「皆さんを転送したんですよ。魔法です。ま・ほ・う」

ぱちんとウインクをされた。なかなかにウザい。

「そ、それじゃあ、あんたはやっぱり、本当に悪魔なの……？」

加賀美が問う。「ええ」とメフィストさんは、やっぱりあっさりと頷いた。

「ぼくは、悪魔の誘いに乗っちゃったのか……」

ガックリと項垂《うなだ》れる。

僕の腕の中にいるタマが、「くるる」と鳴いた。加賀美の色白な手の甲を、慰《なぐさ》めるようになめる。

「毛玉……。お前、元気づけてくれようとしているのか……？」

「くるるぅ……」

タマはじっと加賀美の顔を覗《のぞ》き込む。それを見つめていた加賀美は、たまらなくなったようにタマに抱き付いた。

「くそっ、あんなことを言ってごめんよ……！　お前の気持ちも知らないで……！」

僕は加賀美にタマを譲る。タマは、羽毛に覆われた尻尾をふりふりしながら、加賀美に抱きしめられていた。

その顔は、少し嬉しそうだ。あいつ、一人ぼっちだから、寂しかったんだ、という加賀美の言葉を思い出す。

「加賀美も、一人だったのか？」

びくっと加賀美の肩が震える。しばしの沈黙の後、「ああ。そうだったのかも……ね」と頷かれた。

「ぼくは、一流のモデルになりたいんだ。ファッション界のスティーブ・ジョブズと呼ばれるくらいの、大物モデルに」

「ファッション界の……スティーブ・ジョブズ」

目指すところが微妙におかしい気もするけれど、加賀美は大真面目なので口を噤んでおく。

「だけど、両親はぼくを大企業に就職させたがっている。安定した会社、安定した収入を望んでいる。大学に入れて貰ったのも、そのためなんだ」

「普遍的に安定しているものなんてないのですがねぇ」とメフィストさんは肩をすくめる。

「この世界は混沌に満ちている。盛者必衰、諸行無常という言葉が、この国にあるじゃないですか。まァ、輸入された教えですが」

加賀美はうつむいた。「おっと、失礼」とメフィストさんは口を塞ぐ。

「話の腰を折ってしまいましたね。さ、続けてください？」

「あんたは悪魔だから、知ってるはずだよ。ぼくの境遇が分かっていて、この穴倉に誘ったんだろう？」

「穴倉はひどいですねェ。常に、住みよい環境になるよう、努力しているというのに」

大袈裟に眉尻を下げながら、メフィストさんはいけしゃあしゃあと言った。

「……どこまで話したっけ」と加賀美は眉間を揉む。

「両親の望みについて、かな」

「ああ。そうだった」

溜息を一つ吐く。それから、加賀美は続けた。

「ぼくのモデルになりたいっていう夢は、両親には到底受け入れられなかった。だけど、諦められなかったんだ。それで、大学に通いながら、モデルの仕事してる」

「それって、昼間は講義に出て、夜はモデルをやってるのか？」

「そういうこと。幸い、仕事も順調だし、夢には着々と近づいている。でも……」

「それを実現したら、大企業で働いてほしいっていう親の夢は、叶えられなくなってしまう……？」

加賀美は頷いた。

「モデルの仕事って、その、女装の……？」

僕の問いに、加賀美はむっとしたように口を尖《とが》らせる。

「女のモデルとして仕事を請《う》けてるんだよ。ぼくはこんなに可愛いしね」

無い胸を張られた。確かに、見た目は小悪魔的な美少女だ。あとは、胸が平らでなければ完璧だったのに。

「……それに、可愛い服を着たかったんだよ。髪を伸ばして、リボンをつけて、フリルがいっぱいついている服を着て、スカートを穿《は》く。男として生活してたら、そんなこと、出来ないだろ？」

「う、うん……」

僕は男として男らしい生活が当然と思って育ってしまったので、加賀美の気持ちは分からない。でも、自分が楽しみたいものを楽しめない辛さは知っていた。

「普段も、その格好を？」

「いいや。大学にいる時はフツーの地味な服着てる。髪も一本にまとめてさ。大学では、ただの優秀な大学生だからね」

「そ、そっか」

自信に満ち溢れた様子に、僕は頷くことしか出来なかった。

「……とにかく、ぼくは両親に嘘をついている。モデルとして成功すれば成功するほど、嘘は大きくなっていく。きっとそれが――」

「そのとおり！」

笑顔のまま話を聞いていたメフィストさんが、舞台役者みたいに両手を広げる。

「欺瞞《ぎまん》。それこそが、加賀美薫さんの罪。目標のためならば両親をも欺《あざむ》く。いやァ、いいですねェ」

しみじみとするメフィストさんに対して、加賀美は唇をきゅっと噛《か》む。

「メフィストさん……！」

咎《とが》めるように名を呼んだ。しかし、肩を竦《すく》められるだけだった。

「その罪、私は好きなのでついついお声をかけたのですが、まあ、それはさておき。

——カオルさん、あなた、ちょいと物事を固く考えすぎてはいませんか？」

項垂れる加賀美に、メフィストさんは言った。加賀美は、「えっ？」と顔を上げる。

「ご両親は、あなたが将来独立した時に、安定した生活を送って欲しいと思っている。それは、親心として当然です。だって、ご飯に困るようでは心配でしょう？」

「ま、まあ、そうだけど」

「だったら、モデルの仕事でそうなればいいじゃないですか」

「……！」

加賀美は目を見開く。メフィストさんは頷いた。

「あなたのやりたい仕事で、安定していると思わせる地位を築くのです。そうすれば、ご両親も納得すると思いますがね」

「……そっか。それじゃあ、このまま、一流のモデルを目指せばいいのか」

「そういうことです」とメフィストさんはにんまりと笑う。

「でも、そのせいで学業がおろそかになってはいけませんがねェ。授業料を払っているご両親が、残念がりそうですし」

挑発的ですらあるメフィストさんの言葉に、加賀美は「はっ」と鼻で嗤《わら》った。

「大学の授業くらい、こなしてみせるさ。そこでも、ぼくはトップになればいいんだろう？」

加賀美は、自信満々にそう言ったのであった。

結局、タマはメフィストさんが保護することになった。加賀美は残念そうだったけれど、多忙を極めて留守が多いから仕方がない。それでも、部屋にいる時はタマを連れて行っても構わない、という許可を貰い、タマと一緒に意気揚々と部屋に帰って行った。

「メフィストさんは、どうして加賀美にアドバイスをしたんですか？」

黒い扉の前に残っていたメフィストさんに問う。

「アドバイス？」

「モデルで一流になれば、両親も納得するんじゃないか、って。なんかこう、悪魔って、努力なんてやめちゃえばいいじゃんって囁《ささや》いて、堕落させるものだと思ってて」

「なんと！　それは心外ですね」

ぐいっとメフィストさんが詰め寄る。顔が近すぎる。荒ぶる鼻息が顔にかかった。

「そんなの、下級の悪魔だけですよ。我々はね、相手の望みをきっちりと汲《く》み取って、的確に叶え、向上心を放棄した時に魂《たましい》を頂くものなのです。その時の到達点が高ければ高いほど、極上の魂となるわけなのです」

「つ、つまり、野球選手になりたいと思っている人には、そうなれるように手を貸して、もう満足したと思わせた瞬間に魂を奪うってこと？」

「奪うとは人聞きが悪い。『頂く』んですよ。あらかじめ、契約をしておきますからね。契約も無しに、ぶんどるなんていう品のないことはしませんから」

　メフィストさんは無駄に胸を張る。あまり誇《ほこ》れた話ではないのに。

「そっか。じゃあ、加賀美が一流のモデルになって、両親に嘘をつかなくてもいいようになったら――」

「そう。極上の魂が手に入りますねェ。契約をすれば」

「契約、してないんですか？」

　ちょっとホッとする。でも、メフィストさんはきっぱりとこう言った。

「そのうちします」

　加賀美にはそれとなく教えておこう。メフィストさんから何かの契約を迫られたら、絶対にサインをしてはいけない、と。

「それにしても、カオルさんはなかなかに長期物件ですが、カズハ君は早めに堕落しそうですよねェ」

「それって、志が低いってことですか……」

「だって、何かあります？　将来の目標」

「……むむむ」

言い返せない。僕は、なんとなく高校を卒業して、なんとなく大学まで来てしまった。

睨み付ける僕に対して、メフィストさんは微笑《ほほえ》む。違うんだ。見つめてるわけじゃないのに。

「カズハ君は、磨けば光るタイプだと思うんですよねェ」

「二葉と同じことを……」

一体、どうやって磨けばいいのか。それが分からないから、ここまでくすんだ状態で生き延びてしまったんだ。

「あ、そうだ！」

マキシのことをすっかり忘れていた。マキシは、ロケットパンチを飛ばした体勢のままで固まっていた。

「ごめん、マキシ！」

慌ててロケットパンチをはめてやろうとする。だけど、重くて上手くはめられない。

「……自分でやる」

マキシは小さく言った。喉がかすれたみたいな声だった。

「でも、動けないじゃないか！」

「今日は、月が出ているな……？」

「えっ、あ、ああ」

「ならば、俺を、外へ……」

「外へ？　外へ出すだけでいいの？　っていうか、何を動力にしてるんだよ！」

「俺は、ソーラーパワーで動いている。月光であっても、時間をかければ充電できる……」

ソーラーパワー。

思わず脳内で復唱する。

「エコだな！　レトロにコンセントから充電したり、某猫型ロボットみたいに原子力で動いたりしてないわけ!?」

「俺の製造された時代では……、エコアンドロイド減税というものがあった……」

「エコはいいんだけど、アンドロイドをソーラーエネルギーで動かすのって、どうなんだ……？」

眉間を揉む。

「じゃあ、マキシは地下での活動は制限されてるってことか」

「そういうことだ。充電をすれば、もっと動けるが……」

「難儀なお体ですねェ」

メフィストさんは眉尻を下げて笑う。マキシの鉄面皮が、少しばかりむっとしたように見えた。この二人、本当に仲が良くない。

「そうとは知らずに、ごめんな、マキシ。今度は、ちゃんと充電してから行こう」

「ああ」

マキシは頷こうとしていたのだろうけど、体は動かなかった。

「ま、今は彼を運ぶことを考えましょうか。幸い、男手二つですし、何とかなるでしょう」

「お前も運ぶのか……？」

「ええ」とメフィストさんは頷いた。

「俺はお前を抹殺しようとしていた」

「そう言えば、そんなこともありましたねぇ」

メフィストさんはなんてことも無いかのように言った。

「それなのに、なぜ手伝う」

「それとこれとは話が別ですよ。私は悪魔ですから、憎まれ慣れております。ま、一時休戦ってことで」

相変わらず胡散臭い笑顔だけど、それでも、やけに頼もしく見えた。

マキシはそれ以上何も言わない。考え込むように沈黙する。

一方、メフィストさんは気にしないと言わんばかりに、腕をまくった。

「あれ？　メフィストさんは魔法を使わないんだ？」

「ええ。さっきのあれで、魔力が尽きてしまったんです。転送の魔法陣って発動に労力がかかるんですよね。ああ、誰かに肩を揉んで欲しいくらいですよ」

ちら、と僕の方を見る。暗に肩を揉めと言っているんだろう。

まあ、メフィストさんに助けられたのは事実だし、恩返しのためにも、あとでマッサージをしてもいいかもしれない。

「ま、前回は転送魔法を使うに及ばなくて本当によかった。私が招いた彼が、万が一、カズハ君に危害を及ぼすようでしたら、転送しようとしていたのですが」

「僕を助けようとしてくれていたんですか……」

「大事な住民ですから」

メフィストさんは微笑む。

嘘偽りのない真実が、そこに含まれている気がした。どんなに胡散臭くても、メフィストさんはやっぱり大家さんなのだ。

「あと、人の罪は甘い蜜だと思っていますが、殺人罪は嫌いなんですよね」

「えっ、どうして？　一番罪深そうだし、罪の意識も大きそうなのに」

「だって、人は死んだら、そこで終わってしまう。私、それが嫌なんですよねェ。こう見えても、私は人が好きなので」

「……人が好き、ねぇ」

食堂に招かれた時のことを思い出す。甲斐甲斐《かいがい》しく僕らのご飯を用意してくれたり、住民の話を聞いたり、想い人のことを話した時のことを。

「あ、違った。人をおちょくるのが好きなので」

台無しだ。出来れば、訂正しないで欲しかった。

「さてさて、マキシマム君を移動させましょうかね。カズハ君は、上半身を持ってください。私、足の方を持ちますので」

メフィストさんの指示に従い、僕はマキシの上体を抱える。メフィストさんもまた、マキシの両足を持ち上げようとしたが、

「重っ」

マキシの両足が、メフィストさんの手から零《こぼ》れ落ちる。

ずずんっという重々しい音とともに、メフィストさんの高そうな革靴の上にマキシの足が落下した。

「――っ！」

その日、地下の最深部から、悪魔の声にならない悲鳴があがった。

勿論、運ばなくてはいけない人物が二人に増えていたことは、言うまでもない。

翌日、僕はマキシとともに一階の雑貨屋を訪れていた。

「コケ盆栽ですか？　それなら、うちで扱ってますけど」とメフィストさんが教えてくれたのである。

雑貨屋の一角には、人の形をした怪しげな根っこの植物が干してあったり、毒々しい花の鉢植えがあったりするものの、パキラやポトスのようなごく普通の観葉植物もあった。そして、コケ盆栽も。

「あった」

マキシは、いくつか並んでいるコケ盆栽の中から、迷わず一つ選び出した。

「なんかそれ、ファンシーすぎないか……？」

マキシが大真面目な顔で手にしたのは、亀の形のコケ盆栽だった。丁度、甲羅の部分にコケを生やすようになっている。亀は、ずんぐりとした体にどっしりとしたがに股で、つぶらな瞳をこっちに向けていた。

「俺はこれがいい」

マキシは亀の目を見つめながら言う。

「マキシがいいなら、それでいいと思うけど……」

緑だけじゃなくて、動物も好きなんだろうか。

「亀だけじゃなくて、ハリネズミもありますけどね。ヒヨコも女の子に人気ですよ」

メフィストさんは、二匹並んだ石のヒヨコを指し示す。よく見ると、その頭にもそもそとコケが生えている。ヒヨコの口は半開きで、程よくユルい。

マキシは、それを凝視していた。

「それは、後日買う」

「買うんだ……」

マキシの部屋が不思議空間になってしまいそうだ。

マキシが会計を済ませている間、僕はぶらぶらと店内を眺《なが》める。すると、店の隅に置かれたバスケットの中で、あのヴェロキラプトルの幼体であるタマが、すよすよと眠っていた。ふかふかのピンクのタオルにくるまって、小さいハートのクッションに頭を乗せている。無駄に可愛らしい。

「メフィストさん、いいんですか？」

「何がです？」

「こんなところに、無防備にヴェロキラプトルを置いちゃって」

隅とはいえ、客の目につく場所だ。そんなところに、絶滅した生き物を置いてしまっては、注目の的になるに違いない。けれど、メフィストさんは「いいんですよ」とあっさり答えた。

「寝ている時はぬいぐるみだと思われているようですし、動くとロボットだと思われていますからねぇ。まさか、こんなところにヴェロキラプトルがいるとは思わないのでしょう」

「はぁ、なるほど……」

確かに、生きている古生物がこんなに堂々としているなんて、誰も思わないし、信じないだろう。

その時、店の入り口のベルが鳴る。

「ただいま。あー、暑い暑い」という声とともに、加賀美が帰宅した。

「加賀美！」

「あ、葛城とマキシさん。どうしたの？」

加賀美は長い髪を一つに結わえ、地味な色合いのシャツを着て、メイクの一つもしていなかった。こうすると、普通の華奢《きやしや》な青年にしか見えない。

「マキシが盆栽を欲しがってたから、付き合ってるんだ」

「盆栽？　渋いね、マキシさん。サボテンなんかはお勧めなのに」

「コケの盆栽がいい」と、マキシは真顔で言った。

「あ、そう……。まあ、コケの盆栽も可愛いのが売られてたりするし、ぼくは嫌いじゃないけど」

その可愛いのを、今、まさに買ったところだった。

一方、バスケットの中で眠っていたタマは、加賀美の声を聞くなり、がばっと飛び起きた。「くるるっ」と甘えるように喉を鳴らし、加賀美の前に駆けてゆく。

「あっ、タマ。ただいま。元気にしてた？」

「くるるぅ！」

タマは長い尻尾をぱたぱたと振る。加賀美もすっかり顔を綻《ほころ》ばせきっていた。

「よしよし。ぼくの部屋に行こうか。着替えたら、たっぷり遊んでやるからな！」

加賀美は雑貨屋の奥に消え、タマもその後をついて行く。まるで、親子か兄弟みたいだ。

「加賀美は、これで寂しくないかな」

わが身の危険を顧《かえり》みず、一人で戦っていた姿を思い出す。

すると、マキシは言った。

「タマが寂しさを埋めてくれるだろう。それで足りなければ、我々が埋めればいい」

「うん。そうだな！」

僕は思いっきり頷いた。マキシも可愛いコケ盆栽を両手で抱きながら、しっかりと頷いたのであった。

こぼれ話●徘徊、真夜中の移動パン屋さん！

深夜十一時を回ったところだった。

そろそろ寝ようかと布団を敷いたところで、扉がノックされる。ずいぶんと遠慮がちな叩き方だった。

マキシは規則正しく無機質な叩き方をするし、メフィストさんはノックと同時に開けたり、そもそも、ノックをしないで侵入したりする。

一体、誰だろう。変な訪問者ならばノーサンキューだ。

「間に合ってます……」とチェーンをしたまま扉を開ける。すると、そこにいたのは、強面《こわもて》の新聞会社のおじさんでも、怪しいパンフレットを持ったおばさんでも、腐りかけたゾンビでもなかった。

「加賀美《かがみ》！」

「しっ、声が大きい」

急いでチェーンを外し、加賀美を招き入れる。長めのシャツに短いスカート姿なので、色んな意味で危うい。しかし、スカートの下にはタイツを穿《は》いているようで、転んだとしても最悪の事態にはならなそうだ。

「どうしたんだ、こんな夜遅くに」

「そ、それは……」

加賀美はもごもごと口ごもる。言い難《にく》いことなんだろうか。

しかし、夜中に部屋にやってきて、言い難いことといえば……。

「ま、待て、加賀美！　僕にはまだ、心の準備が……！　っていうか、自分を大切にしろ。会って間もない相手にそんなことを」

「何を言っているんだ。小腹が空《す》いたから、何か無いかと聞きに来ただけだ……！」

「あ、ああ……。なんだぁ……」

心底安心して胸を撫《な》で下ろす。

「それにしても、小腹ねぇ」

「夕食は仕事中に食べたけど、足りなくてさ。あんまり食べると体に良くないから、一口か二口程度のものがあれば……」

「生憎《あいにく》、全く無いんだな、これが」

僕はキッチン兼廊下の戸棚を開けてみせる。中には、非常食の乾パンすらなかった。

「うわっ。見事に何もないな。いざという時に備えてないのか。ひくわー……」

「そ、そういう自分だって、何も備えてなかったくせに」

「それは――」

抗議の声を上げようとしたその時、加賀美のお腹がぐぅぅと鳴った。彼は顔を真っ赤にして、慌《あわ》ててお腹を押さえる。

「気にするなよ、今更。お前の腹が減ってるのは知ってるからさ」と若干の優越感交じりに言う。すると、僕のお腹もぐぅと鳴った。

「……お前だって、腹ペコじゃないか」

「…………うん。そうだったみたい」

二人して項垂《うなだ》れる。腹ペコの二人は、何の蓄《たくわ》えも持っていなかった。

目から光が消えそうになるものの、「そうだ」と加賀美が顔を上げる。

「メフィストさんが言ってたんだけど、このアパートに移動パン屋さんが出るんだってさ」

「出る？　移動パン屋が『来る』んじゃなくて？」

「うん。勝手に店を構えてるらしい。場所も時間もランダムなんだってさ」

「まさか、そのパン屋さんを……」

「探す。このままじゃ、お腹と背中がくっついちゃうよ」

加賀美はそう言って外に出る。僕もまた、加賀美に続いて部屋を後にした。

本当は寝てしまいたかったけれど、加賀美に腕をがっつりとホールドされているので、逃げようがなかったのであった。


地下二階から下へ下へと向かうものの、それっぽい店は見当たらない。ついには、地下一階を残すのみになってしまった。

廊下は薄暗い。二十三時を過ぎると照明が幾つか消えてしまうためだ。省エネのためなんだろうか。

それはともかく、さっきから、加賀美が握っている右手が痛い。

「なあ、加賀美。あんまりきつく握られると、手が痛いんだけど」

「うるさい。黙って歩くんだ」

「地下一階にも見当たらなかったら、コンビニに行こうぜ」

「うん。そうしよう……」

こんなことならば、先にコンビニに行こうと提案しておけばよかった。出入り口である『迎手《ゲーテ》』が閉店していても、出入り自体は出来るのだから。そう思いながら地下一階に差し掛かった、その時であった。

暗い廊下に、ぼんやりとした光が漂《ただよ》っていた。加賀美は、床に足が縫い付けられたみたいに立ち止まった。

「ひ、人魂《ひとだま》だ！」

「ま、ま、まさか！」

加賀美はすっかり涙目だ。ぷるぷる震えているところを見ると、フリではなく、本気で怖がっている。

「逃げよう、葛城《かつらぎ》！」

「でも、ほら、まだ人魂と決まったわけじゃ……」

そう言っているうちに、人魂は距離を詰める。そのぼんやりと輝いているものをよく見ると、それは――。

「が、骸骨《がいこつ》だー!!」

人間の頭蓋骨だった。水晶《クリスタル》みたいに透明な骸骨《スカル》が、ぼんやりと光ってやってくる。

「もー、やだ！　葛城をあげるから許してぇ！」

「人を生贄《いけにえ》にするなんてひどい！」

加賀美にぐいぐいと押される。光る骸骨が間近に迫る。

南無阿弥陀仏《なむあみだぶつ》！

覚悟を決めて目を閉じた瞬間、「はっはっは」と愉快そうに笑う男の人の声が聞こえた。

「悪い、悪い。そこまで驚くとは思わなかったんだ」

よく見ると、水晶のような骸骨を持った若い男の人が立っているではないか。中折れ帽をかぶり、日に焼けた腕を惜しみなく晒《さら》している。背も高いし、体格もいいし、何よりハンサムだ。何だか、映画に出てくる冒険家を演じる俳優みたいだった。

しかし、その脇に抱えているのは、業者がパンを入れるようなケースだった。そこに、小さなのぼりが立っている。

「『アンモナイトパン』？」

「その通り！」

冒険家のような風貌の人物は白い歯を光らせて笑った。

「もしかして……、あんたが件《くだん》のパン屋なの……？」

その場にへたり込んでいる加賀美が問う。

「お察しの通り！　俺は放浪のパン屋だ。インディと呼んでくれ。普段は、大学で古生物学を教えているのさ」

「インディ……」

インディ・なんとか。どこかで聞いたような響きだ。

「何が、放浪のパン屋だ！　驚いたじゃないか！」

腰を抜かしたままで、加賀美が抗議の声をあげる。

「まさか、そんなにびっくりするとは思わなくてね。まあ、こいつを安くしてやるから許してくれないか？　一つ二百円のところ、二つで二百円にしてやるよ」

「なるほど。二つでネットゲームのガチャ二回分か……」

「葛城。ネットゲームの課金システムに換算するのをやめなよ……」

加賀美は力ないツッコミをする。

「まあ、僕と加賀美で一つずつかな。百円出すよ」

「うん。そんな感じで」

僕らは、自称インディ教授に百円を渡す。

「ありがとさん。ほら、好きなのを選びな」

自称インディ教授は、ケースを僕らの前に置く。ふっくらと焼き上がったパンがずらりと並んでいた。美しく巻かれた、カタツムリみたいな形のロールパンだった。

「へぇ、ロールペストリーじゃないか」と加賀美。

「これ、ロールペストリーっていうのか？　エスカルゴパンだと思ってたけど」

「まあ、どっちでも通じるんじゃないかな」

ロールペストリーは、確かにアンモナイトに似ている。

因《ちな》みに、アンモナイトとは、今や絶滅してしまった海の生き物だ。図鑑で見たことがあるけれど、巻貝みたいな殻からは、足がたくさん生えた軟体が覗《のぞ》いていた。オウムガイみたいな生き物だった。

「どうだい。可愛《かわい》いだろう」

「ええ。それに、おいしそうです」と自称インディ教授に頷《うなず》く。

「あれ？　これは別のパン？」

加賀美は、同じケースの中に入った真っ直ぐなパンを見つける。いや、正確には、トランペットみたいな、楕円を描くように巻いているパンだ。

「それは、ポリプティコセラスだな」

「ポリプティコセラスっていう生き物なんです？」

「いいや。アンモナイトのポリプティコセラスだ」

僕と加賀美は顔を見合わせる。

「アンモナイトの……？」

「ああ。そいつは、異常巻きアンモナイトなんだよ」

異常巻きアンモナイト。初めて聞く言葉だ。

そもそも、僕は普通の巻き方のアンモナイトしか見たことが無い。ミュージアムショップにて、一個数百円で売っていた、ケース入りの小さなアンモナイトの化石。それが、僕の中のアンモナイトの知識全てだ。

「異常巻きアンモナイトっていうのは、その名の通り、異常な巻き方をしているアンモナイトを指すのさ。他にも、ほら」

自称インディ教授が取り出したパンは、先ほどのロールペストリーと同じように丁寧に巻かれている。だが、トゲのような突起がついていた。

「うわっ、トゲトゲ」

「こいつはメヌイテス・ジャポニクス。波が荒いところに生息していた連中がこうなったんじゃないかと言われていてね。これならほら、どこかに引っ掛けられるだろ？」

「な、なるほど……」

「そうなんだ……」

僕と加賀美は頷くことしか出来ない。

他にも、ばねのように巻いているのはユーボストリコセラス、サザエみたいな巻き方をしているのはハイポツリリテス、巻貝のようになっているのはツリリテスというのだという。

「色んなアンモナイトがいるんですね……」としか言えなかった。

「ああ。これらはみんな、北海道で獲《と》れるんだぜ。あそこは、アンモナイトの名産地だからな」

「北海道って、メロンやジャガイモ以外に、アンモナイトが獲れるんですね……」

試される大地は奥が深い。

「そう。アンモナイトが獲れる辺りは、昔、大陸と海溝の間にある浅瀬だったんだ。そこはアンモナイトの楽園だった。だから、化石が大量に獲れるのさ。中には、直径一メートルを超えるアンモナイトもあってね」

「一メートル!?」

もはや、海の生き物というよりもモンスターだ。

一メートル級のアンモナイトがウゾウゾしている海を想像する僕をよそに、自称インディ教授は目をキラキラさせながら、こう言った。

「そうだ。こいつを忘れちゃいけないな」

「えっ、まだあるんですか?」

「ああ。日本の――いや、世界の代表たる異常巻きアンモナイトを紹介しなくちゃな」

自称インディ先生はゴロゴロと並ぶアンモナイトパンをかき分け、ひときわ大きなパンを取り出した。それは、ひときわ大きな、というか、何というか……。

「うわっ、キモッ！」

加賀美の第一声はそれだった。

もはや、アンモナイトなのかどうか以前に、生き物であるかすら怪しい。洗濯機のホースを、悪戯《いたずら》半分でぐねぐねと巻きながら小さくまとめたような、そんな、およそ、生き物だと思えない形状だった。

「気持ち悪いとは何だ。このニッポニテス・ミラビリスの状態が良い標本は、北方領土と交換で欲しいくらいだと旧ソ連に言われたほどなんだぞ」

「なにそれ、すごい！　よく見ると綺麗！」と加賀美は手の平を返す。

「まあ、こいつは一日一個しか販売出来ないレアモノだからな。サービスしてやるわけにはいかなくてね。因みに、一個五百円だ」

自称インディ教授は、ニッポニテスパンを誇らしげに掲げながら言った。

「さ、さすがにいいですよ。それ、何だか蛇《へび》みたいですし」

「蛇……!?」

自称インディ教授は固まる。「どうしたんですか？」と僕は尋ねた。

「へ、蛇だと……？　俺は、蛇だけは、蛇だけは……！」

ぐいっと僕にニッポニテスパンを押し付けたかと思うと、自称インディ教授は青い顔でケースを抱える。そして、くるりと踵《きびす》を返した。

「蛇だけは苦手なんだ！」

苦手なんだー、とエコーを響かせながら、自称インディ教授は廊下の奥へと走り去る。僕らが引き止める暇はなかった。

「あーあ、行っちゃったよ……。これ、どうしよう」

手の中には、ニッポニテスパンがとぐろを巻いている。

「いいんじゃないか、食べても。取っておいてもカビるだけだし」

「……う、うん」

加賀美は、さっさと自分のアンモナイトパンに齧《かじ》りついている。僕は、自称インディ教授が消えて行った方を眺《なが》める。

また、会えるだろうか。会った時に、このガチャ五回分のパン代を精算しなくては。

後日、メフィストさんから自称インディ教授について詳しく聞いたところ、どうやら、住民の一人で、本名を伊集《いじゅう》院譲《いんゆずる》というらしい。

同じアパートに住んでいる以上、再会する可能性は高い。そう思って、僕は常にワンコインをポケットに忍ばせるようになったのであった。

第三話　覚醒！　災厄の雲

平和な休日の昼下がり、僕らは『馬鐘荘《バベルそう》』の食堂にいた。

外は相変わらずの炎天下だ。下手に外界に出るよりも、地下でのんびりしていたい。それだけ、『馬鐘荘』の中は快適だった。

カウンターの向こうにメフィストさんはいない。雑貨屋の方にいるからだ。

「さてと。俺は部屋に戻るが、お前たちはゆっくりしてろよ」

そう言ってカウンターの向こうから出て来たのは、いつぞやの銀行強盗の男の人だった。大庭《おおば》さんというらしい。白いエプロンに腕まくりをしたシャツ姿が、すっかり板についていた。栄養があるものを食べているためか、顔色はすっかり健康的になっていた。

「おつかれー。ついでに、ジュースでも買ってきてよ」

近所のコンビニで買ってきたポテトチップスを食べながら、加賀美《かがみ》は言った。相変わらず、ツインテールの小悪魔風の美少女にしか見えない。

「俺はパシリじゃない。自分で行け。食うくせに動かないなんて、デブまっしぐらだぞ」

「残念でしたー。食べても太らないタイプなんですぅー」

「ホントに、生意気な小娘だよなぁ。中年になったらわからないぞ」

大庭さんは、加賀美のことを女子だと信じて疑わなかった。

「買い物ならば、俺が行くが」

同じテーブルで座っていたマキシが言う。マキシは食堂でご飯を食べないけれど、僕らに付き合ってくれていた。マキシの申し出に、加賀美は首を激しく振る。

「マキシさんにそんな雑用させられないって！」

「じゃあ、俺ならいいのかよ」と大庭さんは口を尖《とが》らせる。

「だって、いつもメフィストさんの尻に敷かれてるし」

「ぐぬぬ」

大庭さんは反論出来ない。メフィストさんにいいように使われているのは事実だった。皿洗い、ごみ出し、買い出し、その他雑用は、全部押し付けられている。それでも、大庭さんは文句の一つも漏らさなかったし、漏らせなかった。

「とにかく、ジュースは自分で買って来い。お茶だったら、勝手に飲んでいいけど」

「はいはい。ありがと」

冷えた麦茶の入っている冷蔵庫を指し示しながら、大庭さんは去って行った。

扉が閉まる音とともに、食堂は僕らだけになる。タイミングを見計らったかのように、タマがぴょこっとテーブルの下から顔を出した。

食堂でご飯が食べられるのは、朝と、夕方から夜にかけてだ。とはいえ、雑貨屋は夜まで開いているので、夕食の時間帯のメフィストさんは、店と食堂を往復することになるらしいけど。

「それにしても、メフィストさんは頑張るよね。夕方なんて、一番忙しいじゃないか。学校や会社帰りの客が雑貨屋に押し寄せる中、腹を減らして帰って来た連中のご飯を作るなんて、普通はやってられないよ。やっぱり、悪魔だから出来るのかなぁ」

加賀美はぼやく。

「でも、雑貨屋と食堂をやってる時って、魔法を使ったのを見たことが無いんだよね。移動も足だけだし、魔法を使わないっていうこだわりすら感じるけど」

「こだわりねぇ」

僕もまた、加賀美と一緒にポテトチップスを頬張《ほおば》る。

一方、タマは「くるるる」と大きな瞳をきょろきょろさせ、長い尻尾《しっぽ》をふりふりして、ポテトチップスをねだっているようにも見えた。

「何だ、お前。これが欲しいの？」

加賀美はポテトチップスを取り出す。しかし、「やめておけ」とマキシが制した。

「どうしてさ」

「ヴェロキラプトルは肉食だ。穀物は消化不良を起こす可能性がある」

「あ、そっか。これって、穀物だっけ」

加賀美は「ごめんな」と言ってポテトチップスを戻す。タマは「くるぅ……」と明らかにがっかりしていた。

「そんな顔しないでよ。あとでいっぱい遊んであげるからさ！」

「くるるっ！」

加賀美がぎゅっと抱きしめると、タマは嬉しそうにすり寄った。

「まるで親子だな」と僕はしみじみしてしまった。

「親子？」

マキシは疑問符を浮かべる。

「加賀美薫《かおる》は人間、タマはヴェロキラプトル。人間とヴェロキラプトルの親子はあり得ない」

「野暮《やぼ》だなぁ、マキシは。飽くまでも、喩《たと》えだって」

「それは知っている。だが――」

「喩え話だったら、なんでもあり得るさ。異種族であろうが、なんであろうが」

僕の言葉に、加賀美とタマはうんうんと頷く。タマは、加賀美の真似《まね》をしているだけかもしれなかったけれど。

「異種族であろうが……」

「……ん？」

ぽつりと呟《つぶや》くマキシに、違和感を覚えた。マキシはすぐに、「なんでもない」と話題を切り上げる。

「そう言えば、マキシさん。聞きたいことがあるんだけど」

加賀美が少しばかり身を乗り出す。

「なんだ」

「マキシさんの事情、ぼくもちょっとだけ聞いたけどさ。マキシさんがやって来た未来で、一体何が起きているの？　なんか、いろいろ引っかかっちゃって」

「引っかかる？」

「それ、僕も聞きたい」と僕も身を乗り出す。

「戦争が起こっていて、原因はメフィストさんの計画だって言ってたけど……」

「メフィストさんが人類をどうこうしようとしているなんて、思えないんだよね」

僕らは揃ってマキシの答えを待つ。タマは不思議そうな顔をして首を傾《かし》げているだけだった。

マキシは、周囲に人がいないのを確認すると、重い口を開いた。

「未来は災厄に見舞われていた」

「災厄？　地震とか……ってわけでもなさそうだな。その様子だと」

「長い間、災厄の雲があらゆるものを食らい尽くした。災厄が去った後も、未来の人間は飢えに苦しんでいた。食糧を多く持つところから奪わんとし、争いが起きていた」

「食糧をめぐる戦争か……。なんか、想像していたよりも切迫しているみたいだね」

加賀美がかじるポテトチップスの音が重々しく響く。

「食糧問題は、遺伝子操作によって急成長する野菜や家畜を開発し、大量生産することによって解決の目処《めど》を立てている。しかし、災厄によって、多くの犠牲が出た。貴重な人材も喪《うしな》われた。だから、災厄が発生するのを阻止しなくてはいけない」

「そのためにマキシは開発され、未来からやって来たってことか」

僕の言葉に、「そうだ」と頷いた。

「その災厄の発生地が、この時代のこの場所だった」

僕と加賀美は顔を見合わせる。

「だから、俺はここに来た。そしたら、メフィストフェレスがいた」

「そっか。それで、メフィストさんが犯人だと思ったんだ」

「メフィストフェレスを始末すれば、災厄の発生は阻止されると思っていた」

「ちょ、ちょっと待ってよ！」

加賀美は口をはさむ。

「し、始末するなんて物騒なこと言っちゃってるけど、メフィストさんが居なくなったら、ぼくはどうするのさ。……ぼくだけじゃない。このアパートに住む人たちは、どこに行けばいいんだ」

「好きなところに行けばいい。契約は無効になるはずだ」

「そ、そんな簡単に言ってくれるけど、事情があってここに住んでいる人もいるんだ！　他に行く場所がないからとか、家賃が特別安いからとか、遅くに帰って来てもご飯が食べられるとか！　他では替えが利かないことだって、たくさんあるんだ」

加賀美はぐるりと僕の方を向く。

「葛城《かつらぎ》、お前もそうだよね？　お前も、事情があってここに居る人間のひとりだよね？」

「う、ううん」

僕は眉間《みけん》を揉《も》む。

「どっちかというと、ちゃんとしたパソコンが備え付けてあって、ネット環境が整っているところがいいけど……」

「裏切り者！　あんぽんたん！」

「あんぽんたんって、久々に聞いたぞ……！　っていうか、最後まで聞けよ！」

唸《うな》る加賀美に、僕は言った。

「そう。ネットゲームが出来るところの方がいいけど、メフィストさんにいなくなって欲しいとは思わない。そりゃあ、あの人は胡散臭《うさんくさ》いけどさ……」

狡《ずる》い手を使って人を契約で縛りつけたり、態度が逐一挑発的だったりするけれど、偶《たま》に見せる人間らしい顔が、どうしても頭から離れない。

「さっきも言ったけど、メフィストさんが人間を脅かす災厄を起こすようには、見えないんだ。洒落《しゃれ》にならない悪戯《いたずら》とか、笑えないドッキリは仕掛けて来そうだけどさ」

そんな時も、きっと、あの人はへらへらと緊張感のない顔で笑っていることだろう。でもそれは、人間への悪意ではなく、愛情の一種のような気がしてならない。

「人間に悪意を持っていたり、どうでもいいと思っている人が、あんなにおいしい味噌汁を作れるわけがないって思うんだ……」

「……うん。それは、ぼくも思う」

加賀美は頷く。膝の上のタマも、「くるぅ」と鳴いた。

「お前もそう思うよね。いつも、メフィストさんにご飯を用意して貰ってるもんね」

「くるるぅ」

タマは、モフモフとした羽毛を揺らしながら頷いた。

「……味噌汁の味は、俺には分からん」

マキシは立ち上がる。

「マキシ、何処《どこ》へ……？」

「充電をしてくる」

そう言ったきり、マキシはこちらを振り向かず、食堂の外へと行ってしまった。扉越しに、規則正しい足音が去って行く。

「……そう言えば、マキシはメフィストさんのご飯が食べられないんだ」

加賀美はしみじみとつぶやいた。

「悪いことしちゃったかな。でも、だからこそ、ぼくらがメフィストさんを守らないと。ぼくは、遅くに帰って来てもあたたかいご飯が食べられるここが好き。だから、ここを守りたい」

「加賀美……」

「それに、ここが無くなったら、タマの居場所もなくなっちゃう」

加賀美は、タマの喉《のど》を撫《な》でてやる。タマは猫みたいに目を細めて、気持ちよさそうにしていた。

「……そうだな。僕も、ここが無くなるのは嫌だ」

それに、マキシは使命を果たしたら、居なくなってしまうのだろうか。

アンドロイドだけど、時折、繊細な感情を見せるマキシ。そんな彼と、離れ離れになるのは寂しい。

何よりも、見知らぬ土地で、友達になってくれたのは嬉しかった。

「ずっと、このままでいられたらいいのにね」

加賀美がぽつりと呟《つぶや》く。

「ホントだよなぁ……」

僕のぼやきは、溜息になって零《こぼ》れ落ちた。

食堂に、重い沈黙が下りる。そんな雰囲気を察したのか、タマは空になったポテトチップスの袋に頭を突っ込んで、「くる……」と寂しげに鳴いたのであった。

雑貨屋『迎手《ゲーテ》』に行くと、丁度、店で女子高校生と思《おぼ》しき客が騒いでいるところだった。

何やら、新作の秘薬が出来たらしい。怪しげな瓶が並ぶおどろおどろしい棚の前で、「これ、超欲しー」「絶対買うー」と盛り上がっている。

どんな薬かは追及するまい、と目を逸《そ》らした。そこで、カウンターの奥にいたメフィストさんと目が合ってしまう。

「おや、カズハ君。恋のライバルの声が蛙《かえる》のようになる薬を見に来たんですか？」

「うっわ。えげつない薬ですね。それが今回の新作ですか……」

「ええ。女の子に大ウケです」

実に嬉しそうだ。悪びれないその様子は、まさに悪魔だと思う。

「で、どうしたんです？　それ以外にも用事がありそうですが」

「むしろ、それは用事に含まれてませんでした……」

そもそも、恋のライバルがいないし、恋もしていない。

「というか、特に用事はなかったんですけど……」

何となく、メフィストさんの顔を見たくなった。そんなことを言ったら、また、からかわれるに決まってる。

僕の内心を見透かすように、メフィストさんはじっとこちらを見つめていた。

「ふふ、可笑《おか》しな人ですねぇ」

メフィストさんはにんまりと笑う。

向かい合わせにパソコンが開かれている。ブログの記事でも更新していたんだろうか。けれど、キーボードの上には、一枚の羽根が置かれている。

「その羽根、ずいぶんと大きな鳥の……」

「いいえ。これは、タマのです。前脚に生えていたものですね」

メフィストさんは羽ペンにでも使えそうなくらいの羽根を、ひらりと見せてくれた。

「もぎ取ったんですか……？」

「失礼な。抜けたのを貰っただけですってば。まったく、私を何だと思っているんです」

悪魔、という野暮な回答は飲み込んだ。メフィストさんは頬《ほお》を膨《ふく》らませ、ぷりぷりと怒っている。

「タマのことで、ちょっと気になりましてね」

「気になること？」

「ええ。どうして、白亜紀後期《はくあき》に到達していないのに、ヴェロキラプトルが現れたのかということです」

「地殻変動のせいじゃないんですか？」

「私の魔法、地殻変動に左右されるほど繊細じゃないんですよねェ。そこまでの精度だったら、この、日本のトーキョーの地層に埋まってるものしか出現しないはずですし」

そう言えば、ヴェロキラプトルの化石は日本では見つかっていなかったはずだ。

「地殻変動じゃなかったら、何なんでしょう……」

「それは、私が聞きたいですねぇ」

メフィストさんは溜息を吐《つ》いた。

「ただ、そろそろ本当に中生代に突入しそうでしてね。さっきも、入居者を入れたところですし。そこで、何か分かるかもしれません」

そういうものの、メフィストさんの表情は腑《ふ》に落ちていない。恐らく、ずっと引っかかっているんだろう。

「メフィストさんは」

「はい？」

「どうして、穴を掘ろうと思ったんです？　そんな、人の罪の意識なんかで……」

僕のストレートな質問に、メフィストさんは苦笑を漏らす。

「こちらにも事情があるのですよ。先に述べたように、大旦那《おおだんな》との勝負といいますか。まあ、敢《あ》えて言うなら、シャレのつもりでしょうかねぇ」

「シャレ？」

「そう。人間は墓穴を掘るものだということを、大旦那――カミサマに教えたいのですよ。人が罪を重ねて、それを悔《く》いるにつれて、穴はどんどん深くなる。面白い見世物じゃァありませんか」

「…………」

大袈裟《おおげさ》に手を広げてみせるメフィストさんを、僕はじっと見つめていた。

メフィストさんらしい、というか、悪魔らしい発想だ。神様に対して挑戦的で、挑発的で、人間を糧《かて》や道具としてしか見ていない。でも。

「……本当に、そう思ってるんですか？」

「おや。どうしてです？」

「メフィストさん、まだ何かを隠してませんか？」

正面から見つめる。メフィストさんはしれっとした顔でそっぽを向いている。まともに話す気が無いのか、内心を隠そうとしているのか。僕には、後者にしか思えなかった。それは、メフィストさんについ、肩入れしているからなのかもしれないけど。

「それにしても、マキシマム君やあなたを入れたのは失敗ですねぇ」

「……どういうことですか？」

「マキシマム君は未来型ゴーレム——アンドロイド。すなわち、人工物じゃないですか。人間が作った道具に過ぎない彼は、どんなことをしても罪にはならないんですよ。すべては、製作者の業《ごう》となるだけで。だから、あのアパートにいても意味がないんですよね。まぁ、危険があった時に、積極的に動いてくれるのは有難いのですが」

「……マキシを、道具なんて言わないでください」

「おや。ゴーレムも人間扱いして欲しいのです？　でも、彼、人間の都合で作られたモノでしょう？」

「わかってるけど、なんか、嫌なんです」

　僕の言葉に、メフィストさんは肩をすくめた。

「ま、馴《な》れあいもほどほどに。生まれた時代が違いますからね。仲よくすることが悪いこととは言いませんが、何事もほどほどが一番ですよねぇ」

「分かってるけど……」

そう。分かっている。

頭では分かっているけど、心は思い通りにならない。つい、マキシに近づきたくなってしまう。僕のくだらない話を、相槌《あいづち》が少ないながらも聞いてくれたり、時に鋭すぎるツッコミをしてくれたり、助言をくれたりするのが嬉しかった。友達だから、と言って我が身を顧みずに助けてくれたこともあった。

いつの間にか、マキシの部屋に遊びに行って、手厚い世話をされているコケ盆栽を眺めながら話をするのが習慣になっていた。

「……僕を入れたのが間違いっていうのは？」

ふと思い出して、メフィストさんに尋ねる。ややあって、彼はこう答えた。

「んー。なんかこう、あなたって妙に人間らしいんですよねぇ。怠《なま》け者《もの》かと思いきや、毎日熱心に大学に行ったり、アルバイトもこなしたりしていて。しかも、タマがサーベルタイガーに襲われそうになった時、果敢に助けようとしたじゃないですか」

「助けようとしたのは、僕だけじゃないけど……」

「マキシマム君は除外するとして、カオルさんもそうですねぇ。でも、彼はもともと、意識が高い人間でしたから、別段驚くことではありません。問題は、あなたです」

そこで、メフィストさんはこちらをちらりと見やった。

「あなたは、別に意識も高くないし、どちらかというと怠惰で腐った思考の持ち主です」

「い、言いたい放題だなぁ……！」

もはや、怒る気にすらならないけど。

「しかし、いざというとき、あなたは勇気ある行動が出来る方です。普段の怠けた思考回路からは想像が出来ないほどにね。私は、そういうところを見ていると、人間っていうのは――」

「人間っていうのは？」

おうむ返しに問うと、メフィストさんはハッとした。

「やだなぁ。何でもありませんよ。敢えて言うなら、人間って面白いな、っていうだけです」

メフィストさんはへらへらと笑う。

一瞬だけ、とてつもなく遠い目をしたのは気のせいだったんだろうか。メフィストさんに聞いてみたかったけれど、彼はすっかり、いつもの胡散臭い笑みを張り付けてしまった。

「メフィさーん。これ、お会計ー！」

品物を選んでいた女子高校生らが、カゴの中をいっぱいにしてカウンターにやって来る。「はいはーい」とメフィストさんは愛想よく答えた。

「そう言えば、前に話した奴に、なかなかアタックできなくてぇ」

会計の間、女子高校生は友達に相談するみたいにお喋《しゃべ》りを始めた。「ほうほう、それで？」と身を乗り出すメフィストさんも、満更《まんざら》ではなさそうだ。

実は人と人間として触《ふ》れ合《あ》うのが、好きなんじゃないだろうか。でも、そんなことを言ったら、またはぐらかされるに違いない。

カタン、と奥から物音が聞こえた気がした。闇に包まれた廊下に目を凝《こ》らすも、僕の目では何も見えなかった。空耳だろうか。

窓の外は、すっかり黄昏《たそがれ》色だ。もうすぐ夜が来る。

夜が来て、地底アパート『馬鐘荘』は更に深く潜《もぐ》っていく。メフィストさんの胸の奥にしまった、想いと一緒に。

「もうすぐ、中生代……」

恐竜の時代だ。タマが生まれ、あの暴君竜ティラノサウルスや、角竜トリケラトプスが生きていた。僕が、幼いころから行ってみたいと思っていた時代だ。

なのに、胸の中が、鉛《なまり》を流し込まれたように重い。

それが『不安』のせいだと気付いたのは、雑貨屋を後にしてからであった。

夜中に、ふっと目が覚める。

暗闇なのに、天井の木目がハッキリと見えた。どんよりとした顔が、仰向《あおむ》けになっている僕を見下ろしているように見えた。

下腹部の辺りがきりきりと痛む。なんだか寝付けなくて、薄っぺらい布団を跳ね上げて起きた。

やけに静かだ。パッキンの緩《ゆる》い蛇口から、滴《しずく》がしたたり落ちる音だけが聞こえる。

加賀美はもう、眠ってしまっただろうか。タマは意外と夜行性かもしれない。そして、メフィストさんやマキシは……。

「マキシ……」

玄関のドアをそっと開けると、廊下の薄暗い明かりが部屋に差し込んだ。その向こうに、蠢《うごめ》く者がいる。

「カズハか」

マキシだった。いつぞやのように、真っ黒なミリタリージャケットをまとい、部屋から出るところだった。

「マキシ、これから最下層に行くのか？」

「ああ。現状を把握しなければ」

「僕も行っていい？」

マキシは一瞬だけ、驚いたように見えた。しかし、わずかに見開いた瞳は、すぐに元に戻ってしまう。

「構わない」

「ありがと。支度するから待ってて」

「四十秒で支度しろ」

そんな無茶ぶりを聞きながら、僕はパジャマを脱ぎ捨てて、手ごろなシャツを頭からかぶる。

「お待たせ！」

「三十五秒の遅刻だ」

「ごめん、ごめん。でも、待っててくれてありがとな」

「待たなくてはいけないと思った」

律儀な友人は、歩き出しながらそう言った。

「やっぱり、『友達』だから？」

「…………ああ」

沈黙のち、肯定。

歯切れが悪いマキシは珍しい。というか、そこは歯切れが悪くならないで欲しかった。

何となく気まずくて、僕らは黙って階段を降りようとする。その時、「あっ、ふたりとも」と聞き覚えのある声が聞こえた。

「加賀美！」

加賀美が丁度、地上からの階段を降りて来たところだった。

「どうしたんだ。こんな時間に」

「買い物だよ、買い物。なんか、喉が渇いちゃってさ。コンビニに行ってきたんだ。地上はホント辛いよな。夜なのに全然暑いの」

加賀美はコンビニの袋から、タピオカ入りの飲み物を取り出す。好みまで女子度が高い。男は黙ってペプシにすべきなのに。

加賀美の後ろから、「くるぅ」とタマが顔を覗かせる。

「タマも連れて行ったのか？」

「そんな馬鹿な。タマは『迎手』で留守番だよ。でも、ぼくが帰るのを入り口で待っててくれてさ。こいつ、やっぱり頭いいね」

加賀美はタマの頭を撫でる。「くるるぅ」とタマは気持ちよさそうだ。

「……カオル、メフィストフェレスはいたのか？」

「ううん。いなかったけど？　自分の部屋か食堂にでもいるんじゃないの？」

雑貨屋はもう、営業時間じゃないじゃん。と加賀美は言った。

「……そうだな」

マキシは下り階段の先を見つめる。じっとりとした闇が、下層でわだかまっていた。

マキシも、僕と同じことを考えているんだろう。メフィストさんはきっと、この先にいる。今日の深度がどうなっているか、確認しに行っているんだ。

「……それだけだったらいいんだけど」

下腹部がきりきりと痛む。内臓を見えない力でつねられているみたいだった。

「行こう」

マキシは階段を降りる。僕も続いた。

「ふたりとも、最下層に行くの？　ぼくらも連れて行ってよ」

加賀美とタマも続く。

「中生代が近いんだってさ。危ないかもしれないぞ」

僕が忠告すると、加賀美はツインテールを揺らしながらこう言った。

「危ないのは百も承知さ。でも、今回、マキシさんは充電してるんでしょ？　だったら大丈夫。ぼくだって、危なくなったら逃げるし」

「でも……」

「葛城が行けて、ぼくが行けないのは不公平じゃないか。ぼくだって、マキシさんに守られる権利はある」

加賀美は無駄に自信満々に胸を張った。一方、マキシは無言でずんずんと進む。拒否をしないということは、加賀美を連れて行っても構わないということなんだろうか。

「それに、タマの両親に会えるかもしれないだろ。タマを、いるべきところに帰してあげたいんだよ」

「くるるっ……」

タマは大きな瞳で僕を見上げる。加賀美も、長い睫毛《まつげ》を持ち上げて懇願する。

「……しょうがないなぁ。その代わり、絶対に離れるなよ！」

主に、マキシから。

こうして、三人と一匹は下層へと降りる。深い深い、穴の底へと。


最下層の真っ黒な扉は、相変わらず不気味だった。

彫刻の埋め込まれたような人々の姿が、今日は更に苦悶《くもん》に満ちている気がする。まるで、何かを予見するかのように。

「扉は、閉まってるみたいだけど……」

僕の言わんとすることを察したのか、マキシは扉を凝視する。いや、恐らく、彼のセンサーをフルに動かして、何かを感知しようとしているんだろう。

「約十分前に、メフィストフェレスがこの道を通ったはずだ」

「どうして？」

「雑貨屋『迎手』で販売している薬品の匂いが残っている。拡散状況からして、約十分前と推測される」

「マキシ、嗅覚《きゅうかく》まで備わっているんだ……」

「……味覚はないがな」

感心する僕に、マキシは素っ気なく返す。彼の愛想の無さはいつものことだったけれど、今日はその表情が気になった。

限りなく無に近い表情が、翳《かげ》っているように見えたのだ。

「マキシ……」

「兎《と》に角《かく》、行こう。充電をしたとはいえ、戦闘に入れば消耗が激しい。迅速な行動が必要だ」

呼び止めようとした僕の想いは、さらりとかわされてしまった。扉を開けるマキシに、僕らは続く。

ギギィと扉は気だるげな音を立てた。

もう、中生代になったのだろうか。それならば、あの図鑑で見たジャングルにあるような植物や恐竜たちが僕らを迎えてくれるんだろうか。

むわっと、暴力的な熱気が僕らをなぶる。まばゆい光が、僕らの目を衝《つ》いた。

「わぁ……」

僕と加賀美の声が重なった。目の前には、相変わらず、大きな洞窟が横たわっている。しかし、その中は巨大な水晶柱で満たされていた。

「す、すごい……、きれいだね……」

「あ、ああ……」

僕らの身体《からだ》ほどの太さがある水晶柱が、洞窟の中に出鱈目《でたらめ》に立っている。それが、何処《どこ》からか漏れる光に照らされて、キラキラと輝いていた。

まるで巨大な宝石箱だ。

ぞっとするほどに美しい。

全く予想していなかった光景だ。中生代のそれではない。

目の前に、支柱のごとき水晶柱が佇《たたず》んでいる。手を伸ばせば触れられる距離だけれど、纏《まと》う雰囲気があまりにも厳《おごそ》かで、触れようという気が起きなかった。

「静かすぎる」

マキシの一言に、僕らは現実に引き戻された。

「確かに。生き物の気配がないね……」

「植物も見えないな。本当に、ここは中生代の地層なのか？」

「解析を開始する」

マキシはそう言ったきり、黙り込んでしまった。

「僕らは、ちょっとその辺を見てみよう」と加賀美に言う。加賀美は頷いた。

「くるぅ……」

タマはきょろきょろと辺りを見回している。大きな瞳は、不安げに見えた。

「大丈夫だよ、タマ。お前のお父さんとお母さんは見つかるって」

「くる……」

首を振っているみたいに、タマの小さな頭が揺れる。「おいで」と手招きをすると、タマはてってっと加賀美に駆け寄った。

大地に足を踏み込む。その瞬間、ふわっと土が舞った。

「これ、灰か……？」

土だと思ったものは、灰だった。足元には、灰が降り積もっていた。乱暴に歩けば、たちまち辺りは灰だらけになってしまう。

「……葛城」

加賀美は手を伸ばしてくる。不安げな彼の手を、僕は黙って握った。か細くて小さな手だった。骨っぽさを除けば、女の子みたいだった。女の子の手なんて、握ったことないけど。

「なんか、こわい……」

「……僕もだ。さっきから、下腹部がぎしぎし言ってる」

「……お腹、弱いの？」

「嫌な予感がする時はいつもこうなんだよ。僕の第六感は、ここに来るんだ」

そう言って、軋《きし》む下腹部を指さした。

「変なやつ」

「加賀美ほどじゃない」

女装男子にきっぱりと言ってのける。加賀美の方は、ほんの少し笑っていた。

ちょっとだけ、緊張感が紛《まぎ》れたらしい。僕の下腹部も、マシになった。

入り口に佇んでいるマキシから離れないように、僕らはぐるりと周囲を見回る。僕らと、ぴったりと加賀美にくっついているタマの足音が聞こえるだけだ。生き物の足音も、唸《うな》り声も、呼吸音も聞こえない。

「まるで、死の世界だね……」

「変なことを言うなよ」と加賀美の脇腹を小突《こづ》く。

「だって、生き物がいないじゃないか。タマを追いかけて来た時は、そこらじゅうに草も生えていたし、生き物だっていた。でも、ここは何もいない。灰と水晶があるだけだよ」

「きっと、奥の方にいるさ」

確証はない。けれど、そう思うしかなかった。そうでなければ、この不気味な雰囲気に押しつぶされそうだった。

「扉の向こうは、最下層の地層の時代が反映されるって言うけれど、これは何だか違うよな」

地球が水晶と灰の世界になったなんて、聞いたことが無い。

水晶柱の森は、延々と続いていた。ちょっと窺《うかが》っただけでは、先は見えない。

その時、ふと、影が見えた。水晶柱に何かが隠れているのだろうか。「加賀美」と彼を小突いた。

「ほら、見ろよ。何かいるぞ！」

「あっ、本当だ……」

僕らは慎重に歩み寄る。獰猛《どうもう》な肉食恐竜だったら危険だ。

その時、マキシの声が響いた。

「解析結果が出た。現在の地層は、中生代。白亜紀末期と推定。だが、高濃度のイリジウム反応が検出された！」

「イリジウム？」

マキシの声は、少々焦《あせ》っているようにも聞こえた。僕は思わず振り返る。その時だった。加賀美が、「ひっ」と声をあげる。

「……何がいた？」

戦慄《わなな》く加賀美は、無言で水晶に映った影を指すだけだった。訝《いぶか》しみながらも、僕もその影を確認する。

その瞬間、声を失った。

生き物が、水晶の裏に隠れているわけではなかった。それは、水晶の中にいたのだ。

「これって、トリケラトプス……？」

巨大な水晶柱の中に、三本の角を生やした恐竜が閉じ込められていた。頭にフリルのような襟《えり》を持ち、サイのような体つきをしている。子供に大人気の草食恐竜だ。実際、僕もトリケラトプスのファンだった。

そんなトリケラトプスが、草も食《は》まず、襲い掛かってくる肉食恐竜と格闘もせず、ぴくりともしないで水晶の中に閉じ込められている。

「……死んでるのかな？」

「たぶん……」

「くるっ、くるるぅ！」

トリケラトプスの背後に向かって、タマが叫ぶ。

トリケラトプスの水晶の後ろには、まだ水晶柱が続いていた。「あっ」と思わず声を漏らす。

その先の水晶柱には、影がたくさん映っていた。いや、映っているわけじゃない。

中に生き物が閉じ込められているのだ。

「あんなに、たくさん……」

トサカを持つ恐竜、小柄な恐竜、大きな翼の翼竜なんかも、まるで標本にされて飾られているみたいに、水晶の中に閉じ込められていた。

「死の世界どころじゃない。ここは、墓場なんだ……」

加賀美が呟《つぶや》く。反論は出来なかった。色濃い死の気配が、僕らにひたひたとまとわりつく。おびえるようにすり寄ってくるタマを、加賀美はぎゅっと抱きしめた。

僕らが立ち尽くしていると、マキシがやって来た。

「この地層は、恐竜が滅《ほろ》んだ頃のものだ」

「恐竜が、滅んだ頃の……」

生きている古生物がいない空間で、僕の声は消え入りそうだった。

「洞窟全体からイリジウム反応が検出された。イリジウムは地球上にほとんど存在しないものだ。隕石によってもたらされたものだと推測される」

「そっか……。恐竜って、巨大隕石が降ってきたことで絶滅したんだっけ……」

加賀美の声は震えていた。

「その説が有力となっている。お前たちの時代から約六千六百万年前、直径十キロメートルほどの小惑星が地球に衝突した。メキシコのユカタン半島に、その痕跡が残されている」とマキシが教えてくれる。

「数字がやたらと凄《すご》すぎて、イマイチ規模が分からないんだけど……」

「この時代の日本に落ちれば、関東ほぼ全域がクレーターと化す。東京、埼玉、千葉、神奈川などは消え失せるだろう」

「うっわ……、えげつないな……」

「災厄は、そこで終わらなかった。隕石の衝突によって、表層の岩石がはぎ取られ、微粒子と化して舞い上がった。それが、空を覆い、太陽光を遮《さえぎ》った」

結果的に、地球が冷えてしまった。また、微粒子が化学反応を起こし、酸性雨も降り注いだ。それらによって、植物が死に、それを糧《かて》とする草食恐竜が滅び、更にそれを糧とする肉食恐竜が滅んだという。

「空から降って来た隕石によって地上で繁栄した生き物の死がもたらされるなんて、なんだか……」

「聖書の黙示録で語られる終末のようですねぇ」

乱立する水晶の墓標の陰から、見慣れた人が姿を現す。

「メフィストさん！」

「真夜中の探検ですか？　いけませんねぇ。好奇心は猫を殺すって、ご存じないです？」

メフィストさんは肩をすくめる。

「メフィストフェレス……。お前こそ、ここで何をしている」

「おおっと。いやだなぁ、マキシマム君。怖い顔をしないでくださいよぉ。私はただ、最下層の様子を見に来ただけですってば」

大袈裟《おおげさ》に眉尻を下げるメフィストさんに、マキシは構えた。

「ちょ、臨戦態勢はやめてくださいよ。私は争うつもりはないんですから」

「お前にそのつもりが無くても、俺にはあるかもしれない」

「やれやれ、困りましたねぇ」

メフィストさんは頬を掻《か》く。

「そう。困ったんですよ。計算が狂ってしまった。いや、狂わされてしまった」

「計算？」と僕らは問う。タマは加賀美の後ろからひょこっと顔を出し、大きな瞳でメフィストさんを見つめていた。

「本当は、一気に白亜紀末期を超えるつもりだったんです。そのために、そのくらいの深度になるよう計算し、入居者を一気に増やしましてね。ところが、この、イリジウムの層で止まってしまった……」

「ここで止まると、良くないことがあるんですか？」

僕の問いに、「嫌な予感はしていました」とメフィストさんは頷いた。

「ご覧なさい。この光景、今までのように、地層の時代を反映したものではないでしょう？」

「あ、ああ。恐竜が水晶に閉じ込められているなんて、図鑑でも見たことが無いし」

と僕は頷く。

「恐竜達の死を、墓場を表しているかのような世界。これは、より概念的な世界に近いのかもしれませんね」

「あなた達は、『存在ありき』の物理的存在ですが、概念的存在は『認識ありき』なのです。『存在する』と思われれば、存在が確定するのですよ」

「『ある』と思えば、そこにある……」

「そうです。因《ちな》みに、我々のような悪魔も元々、概念から生まれたもの。ゆえに、知覚するものがいる限りは、死なないのです。たとえ、心臓を貫かれてもね」

ちらりとマキシの方を見やる。マキシは無表情ながらも、面白くなさそうな顔をしているようにも見えた。

「それは分かったけど、どうしてイリジウム層で止まったの？」

加賀美が尋ねる。

「『災厄』がここに眠っているから、私の魔法が阻《はば》まれたのかもしれません」

「災厄……」

マキシが呟く。

ちりっと指先が痛む。下腹部がねじれるように痛い。目の前に、灰がふわりと舞った。

「恐竜達を襲った災厄と我々の時代の災厄は、似ている。隕石が降って来たわけではないが、暗雲が空を覆い、生態系のバランスが崩れてしまった。まさか、その二つに何か関係が……」

「くるるっ、くるぅ！」

タマが叫んだ。洞窟の奥に向かって、羽毛を精いっぱい逆立たせている。

「た、タマ？」

「くるっ！　くるくるっ！」

加賀美がなだめようとしても、タマは鳴き叫ぶのをやめない。ぎざぎざの歯を剝《む》き出しにして、奥をじっとねめつけている。

灰がちらちらとまとわりつく。まるで、虫みたいだった。蚊《か》か、蠅《はえ》か、いいや、それよりもずっと大きな虫のようだ。

タマが示す方角を見て、マキシはハッとした。

「イリジウム反応増大。接近している」

「接近？」

隕石が迫っているとでもいうんだろうか。しかも、天井ではなく、洞窟の奥から。

「強い魔力も感じる……。皆さん、お気を付けください！」

メフィストさんが叫んだその瞬間、まばゆい水晶洞窟に、影が落ちた。

「あ、ああ……」

加賀美がタマを抱きしめる。僕は、声を失った。

天井を覆いつくさんばかりの影が、ぬっと現れた。そのシルエットには、見覚えがある。頭がやたらと大きく、ナイフのような牙がずらりと生えそろっている。二本の脚でどっしりと直立し、長く太い尾を揺らめかせていた。

「て、ティラノサウルス・レックス……」

その姿は、まさにティラノサウルスのシルエットだった。

「ティラノサウルス・レックス。獣脚類《じゅうきゃくるい》の中では最大級の、全長十三メートル強。嚙《か》む力が非常に強く、動物を骨ごと嚙み砕けたという。また、嗅覚も非常に優れていて、隠れた獲物を見つけることが出来たそうだ」

マキシは淡々と説明してくれるが、現れた『それ』から目を離さなかった。

『それ』は影ではなく、実体だった。しかも、全長十三メートル強どころではなく、高い天井を覆ってしまいそうな巨体だ。

漆黒のティラノサウルスは、いや、ティラノサウルスの姿をした真っ黒な物体は、ふしゅーと蒸気みたいに息を吐く。ぶわっと灰が舞い、僕らの頭に降り注いだ。

「これは……！」とメフィストさんは息を吞む。

「こいつ、ティラノサウルスの姿をしているけど、ティラノサウルスじゃない……？」

「ええ。これは、災厄の化身です。終末の星、アバドン。彼が眠っていたのなら、私の魔法が阻まれてもおかしくはない」

「終末の星、アバドン……」

「まさか、暴君竜の姿を借りるとは。まあ、大食漢の彼には、ぴったりかもしれませんねぇ」

真っ黒なティラノサウルスは、黙って僕らを見下ろしている。ぱらぱらと、大粒の灰が落ちる。それは、トリケラトプスの水晶を、ぽつぽつと汚していった。

「あ、アバドンって、悪魔の名前じゃなかったっけ。あの、天使が吹く終末のラッパで目を覚まして、地上で暴れまくるっていう」

「おや、カズハ君も博識ですねえ」

「ゲームに出てきたからね。でも、そいつがこんな所で眠っているということは、白亜紀末期にもこいつが暴れて……」

「可能性はありますね」

メフィストさんは言う。まさか、恐竜絶滅に悪魔がかかわっていたなんて。

「ただ、悪魔というよりは、兵器の一つと言いましょうか。まあ、マキシマム君と同じようなものです」

「俺と、同じ……」

マキシは真っ黒なティラノサウルスを見上げる。その横顔に、疑問と苦しさが垣間見えたような気がした。

「違う！」

気付いた時には、叫んでいた。メフィストさんがきょとんとして見つめ返す。「なぜ」と問うかのように。

「マキシは兵器じゃない。兵器っていうのは、殺すためのものだ。でも、マキシは人を助けるために存在してるんだ！」

「そう言っても、私は殺されかけましたけどねぇ。あの程度では死にませんけど」

メフィストさんは、やれやれと肩をすくめる。

「それでも、マキシは人を生かすために存在しているじゃないか。あいつとは違う！あいつは、人や恐竜を滅ぼすんだろ？」

真っ黒いティラノサウルスを——いや、アバドンを指さす。

その瞬間、アバドンが口を開いた。

オオオオーン！　と咆哮《ほうこう》が響く。空気がびりびりと震え、舞っていた灰が吹き飛んだ。僕は耳をふさぐのに必死だった。加賀美も同じだ。

そんな加賀美の腕の中から、タマがぴょんと飛び降りる。

「ふしゃーっ」

アバドンに目掛けて、牙を剥いた。全身の羽毛を逆立たせ、懸命に威嚇《いかく》している。

「タマ……！」

加賀美がタマに手を伸ばす。刹那《せつな》、アバドンが動いた。

巨大な体が水晶をすり抜ける。人間なんてすっぽりと入ってしまいそうな頭が、タマに向かって振り下ろされた。

「くるっ」

ばくん。と無慈悲な音が響く。

アバドンの真っ黒な頭は、タマを飲み込んでしまった。

「タマー!!」

加賀美の手は届かなかった。

アバドンが顔を上げる。そこに、タマの姿はなかった。

「タマ！　タマー！」

「加賀美っ！」

アバドンに向かって走り出そうとする加賀美の腕を掴《つか》む。「離して！」と加賀美は叫んだ。

「あいつ、タマを食べたんだ！　吐き出させてやる！」

「待て、加賀美！　お前が行っても食べられるだけだ！」

「煩《うるさ》い！　お前は平気なの？　タマが食べられて、よく冷静でいられるね！」

「こ、これが平気に見えるのか！」

加賀美をぐいっと引き寄せる。彼は黙り込んだ。彼の黒目がちな瞳には、涙と鼻水でぐしゃぐしゃになった僕の顔が映っている。

「とにかく、やばいんだよ！　みんなああなる前に、逃げなきゃ！」

僕は加賀美を連れて踵を返す。アバドンは一声鳴いたかと思うと、ずしん、ずしんとこちらに向かってやって来た。

「ここは、俺に任せろ」

マキシが立ちふさがる。アバドンの巨大な頭が、マキシに突っ込もうとする。マキシは足を踏ん張り、両手を突き出した。受け止めるつもりだ。

しかし、アバドンの頭を捉《とら》えようとした瞬間、それは、手ごたえのないものとなった。アバドンの真っ黒な体は、マキシを通り抜ける。

「な……っ」

アバドンはそのまま僕らに突進する。「伏せろ！」と僕は加賀美とともに地面に伏した。頭上を、アバドンの頭が通り過ぎていく。あの巨大な口が空を切った音が聞こえた。

「まさか」とメフィストさんは戦慄《せんりつ》する。

「マキシマム君はアストラル体が無いから、干渉が出来ないのでは……」

「アストラル体？」と僕。

「精神体や魂と同義だと思って頂いて構いません。アンドロイドは完全に物質依存のゴーレムなのでしょう？」

「そっか……。マキシには、精神体や魂が……無い……？」

「…………」

一瞬の沈黙。マキシは目を伏せる。

一方、空振りをしたアバドンは、グオオォォォン！　と咆哮をあげた。怒りに満ちているのは明らかだった。僕らは慌てて立ち上がる。

「——来い」

マキシは僕と加賀美の首根っこを摑む。

「メフィストフェレス。お前は自力で脱出出来るな？」

そう言った瞬間、メフィストさんの返事も聞かず、マキシは走り出した。向かう先は、今、まさにこちらに狙いを定めようとしているアバドンだ。

「ま、マキシ!?」

「黙っていろ。舌を嚙む」

アバドンは巨体をのっそりと返す。マキシが狙うのは、その下だった。大木みたいな脚の間に向かって駆け込み、その先の扉を目指す。

「一時離脱を提案する」

「さ、賛成！」と僕は声を上げた。

「では、実行に移す」

アバドンが吠える。マキシは振り返らない。灰が舞い、足音が迫る。それでもマキシはひた走った。半開きになっている扉から飛び出し、僕らを床に放ると、さっさと扉を閉ざした。

ずぅぅんと重々しい音とともに、水晶洞窟と世界が遮断される。あのアバドンの恐ろしい姿も、黒い扉に隔《へだ》てられた。

「間一髪だったな……」

「……タマ」

加賀美は床に伏したままだった。大粒の涙が、ぽろぽろと彼の頬を伝う。僕も、はみ出ていた鼻水をすすった。

「何とかして、タマを助けないと……」

「もう、消化されたかも……」

加賀美は力なく答える。

「そ、そうとは限らないじゃないか。あれはただの怪物じゃない。マキシの身体をすり抜けたんだぞ？　もしかしたら、まだ――」

言いかけて、口を噤《つぐ》んだ。

マキシは扉を背にしたまま、唇を結んで沈黙していた。

「マキシ……？」

「俺はあれに触れられない。だが、あれこそが、俺達の時代を争いの渦に巻き込んだ元凶のはずだ。あれに触れることすら出来ないのなら、俺は何故《なぜ》、ここに……」

「マキシ……」

うつむくマキシの肩に、ポンと手を添える。マキシは、ゆっくりと顔を上げた。

相変わらず、クールな顔つきをしている。でも、その目は迷っているようにも、困惑しているようにも、絶望しているようにも見えた。

「俺は何故、ここにいる」

「それは、僕らを助けるためさ。マキシが居なかったら、僕達はあいつに食べられてたかもしれないじゃないか」

「……カズハ」

「とにかく、今はタマを救うことを考えよう。きっと、タマは生きてる」

マキシは、「そうだな」と頷いた。加賀美ものろのろと起き上がる。

「そうだ。ぼくらがしっかりしなきゃ。……タマは、あの時きっと、ぼくらを守ろうとしてくれたんだ。そんなタマを、見殺しに出来ない」

「しかし、問題はそれだけじゃないんですよね」

ゆらりと、僕らの前に影が降り立つ。メフィストさんだった。転送の魔法でアバドンから逃れたのだろう。

「それだけじゃない、って？」

その時、ドーンと大きな音がした。扉の向こうからだ。アバドンが、扉に向かって体当たりをしているに違いない。

「……くっ」

マキシは何とか堪《こら》えた。けれど、容赦なく、ドーン、ドーンと振動が押し寄せる。扉は膨らみ、突破されるのも時間の問題だ。

「……あれが外に出たら、もしかして」

「アバドンは空を覆い尽くし、作物を食い荒らし、人間に飢えと渇きをもたらしますねェ」

メフィストさんは溜息を吐く。

「…………やれやれ。今回は、私の読みが甘かったようで。人の言葉で言えば、自業自得というやつでしょうか」

メフィストさんは苦笑した。いつもの、人を食ったような笑みではない。自嘲の笑みだ。

「まさか、災厄の塊が地中深くで眠っているとは思いませんで。まさか、私が天使のラッパの役目を担ってしまうとは。大旦那は、想定済みだったのかもしれませんねぇ」

「メフィストさん、どうにかならないの？」

加賀美がすがる。

扉は軋み、今にも壊れそうだ。

「方法は、あります」

メフィストさんは答えた。

「どうすればいいの？」と加賀美は問う。

「この空間と扉の向こうのリンクを断つんです。そうすれば、アバドンは封印できる」

「どうやって断てばいいの？」

「これです」

メフィストさんは虚空から、大きな木の板を取り出した。

「なに、それ」

「閂《かんぬき》ですよ。あの扉に掛ける閂です。これで封印をすれば、アバドンは出て来られません」

「よし、それじゃあ早速……」

次の瞬間、ドーンと一際大きな音が聞こえた。扉にひびが入る。

「いけない……！」

メフィストさんの顔色が変わった。

「そいつをよこせ！」

マキシが叫ぶ。メフィストさんが、閂を渡さんと手を伸ばす。その時だった、落雷のような轟《とどろ》きを響かせて、扉が粉砕されたのは。

「マキシ！」

「伏せろ！」

マキシに命じられるままに、僕らは伏せる。その頭上を真っ黒い雲が掠《かす》めていく。

ブブブブと煩《わずら》わしい羽音を立てて、アバドンが飛び出す。その姿は、もはや、ティラノサウルスではなかった。すさまじく濃い、闇の塊だった。

ぽとっと目の前に何かが落ちた。

「ひっ」と加賀美が声をあげる。真っ黒なイナゴだった。

「このっ」

加賀美の長い髪に張り付こうとするそいつを、右ストレートで殴り飛ばす。「ぎぎっ」とやらしい声を上げて、そいつは塵《ちり》になって消えた。

「一匹一匹は、弱いのか……」

「でも、この数じゃ……」

アバドンと称されるイナゴの大群は、次から次へと飛び出していく。

「にしても、どうしてイナゴなんだ……！」

「葛城は知らないのか？　イナゴはあらゆる作物を食らい尽くすんだ！　あいつら、ガチで災厄の申し子だよ！」

加賀美は意を決したように、顔を上げる。

「ぼく、行ってくる！」

「ど、どこへ！」

「上階だよ！　みんなを避難させなきゃ！」

「でも……！」

「そっちは頼んだ！」

加賀美は姿勢を低くして、イナゴの群れの先を行こうとする。「加賀美！」と呼ぶと、長い髪を揺らして振り向いた。

「……無事でいろよ」

「わかってる」

加賀美は親指を立てる。彼はそれっきり、振り向かずに消えていった。

「さて、これはもう意味がなさそうですね……」

メフィストさんは門を放った。

「他に方法はないんですか？」

「……無くはないです」と、メフィストさんは虚空から何かを取り出した。

「扉の向こうの最深部に、更に下層へと続く穴があります。それを広げて、次なる最下層にするんですけどね。それをふさげば、門と似たような効果が得られます」

手にしたのは、鉄の円盤――マンホールだった。ご丁寧に、〝馬鐘荘〟という文字と、逆さまのバベルの塔が描かれている。このアパートの側面図は、こんな感じなんだろうか。

「似たような、って……」

「例えば、カズハ君のお部屋の浴室で、ゴキブリが出現したとします」

「なんで僕の部屋にするんだ……！」

抗議の声を上げるものの、メフィストさんは続ける。

「そのゴキブリがキッチンに来ないようにするには、浴室の扉を閉めますよね？　それが、先ほどまでやろうとしていた、扉を閉ざすという行為です。しかし、穴に蓋《ふた》をするというのは、その根本から断つ――つまり、浴室の排水口をふさぐという行為なんですよ」

「そうすれば、そもそも、カズハの浴室にゴキブリが湧かなくなるということか」と、マキシも納得していた。

「だから、どうして僕の……」

「しかし、問題がありましてね。それによって、『浴室』が消滅してしまうのです」

「えっ、どうして？」

「だって、排水口をふさいだら浴室として使えないじゃないですか。だから、『浴室』という概念が消えて、『浴室跡』になるわけですねぇ」

「何だか、不思議ですね。浴室の形自体は残ってるのに」

「それを、物理的に存在しているが、概念的に死んだ。と解釈するわけです。そして、私が今やろうとしていることは、正にそれなのですが、一つ問題がありましてね」

「問題？」

「ええ。そもそも、扉やその先の空間は、魔法によって存在している不安定なものです。概念的に維持されているものの、物理的には存在していないわけですね。そこで、概念が死んだらどうなります？」

「消えるってことか……」と僕は呟いた。

「ぴんぽーん。カズハ君、大当たり！」

　メフィストさんは、白々しいまでの笑顔で拍手をくれた。

「若干のタイムラグはありますがね。それでも、穴と扉までは距離がありますし、扉が消える前にここに戻って来るのは、不可能ですねぇ」

メフィストさんは他人事みたいに溜息を吐いた。

「蓋をした者が、穴の向こうに取り残されるってことか……」

「ま、問題はありません。それは、私がやるので」

何の躊躇《ためら》いもなく、メフィストさんはマンホールのふたを持って歩み出す。

「えっ、でも……。あ、転送の魔法を使えば一発ですよね！」

僕の言葉に、メフィストさんはへらりと笑う。

「待て」

行く手を、マキシが阻んだ。

「おっと、どうしたんです、マキシマム君。早くしないと、アバドンが地上に拡散してしまいますよ。折角のターニングポイントです。あなたはここで未来を変えなくては」

「お前は、扉の向こうに残るつもりだろう？」

「……えっ？」と思わず僕は声を漏らす。

メフィストさんは答えない。曖昧に笑っているだけだ。

「転送の魔法は消耗が激しい。お前は以前、一度使っただけで疲労していたはずだ」

「ああ。勘のいいアンドロイドは、これだから困りますねぇ」

「勘ではない。過去のデータに基づくものだ」

「はいはい。そうですね。言葉のあやってやつですよ」

　メフィストさんは、大袈裟に溜息を吐いた。

「ど、どうして……？」

「私はね、人を知りたかった。そのルーツを知りたかった」

　メフィストさんは、唐突に語り出す。

「今、地上を支配している人間の叡智《えいち》というのは、全て太古の世界に繋《つな》がっていますからね。人生が刹那しかないというのに、懸命に向上しようとする人間の、起源を知りたかったのですよ」

「……メフィストさん」

　ぽつぽつと話すメフィストさんは、僕らの顔を見なかった。この人は、本心を語る時、人の目を見ようとしない。

「人間というのは、チョロいと思いきや、全く私の思い通りにならない。あの人のようにね……」

メフィストさんは遠い目だ。昔、熱を入れていたという人間のことを思い出しているんだろうか。

「思い通りにならないところが、憎たらしくてしょうがなかったんですよ。だから、知ろうと思った。知れば知るほど、分からないことが多くて、気付いたら、のめり込んでいた。……墓穴を掘っていたのは、私自身だったのかもしれませんね」

そう言って、メフィストさんは肩をすくめる。

「マキシマム君が言うには、そんな私の行為が人類を苦しめる結果になったそうではないですか。それは本意じゃないんですよね。本意じゃないのは、面白くない。だから、私は自らの心を救うべく、蓋を閉める役を買って出ようというわけです」

「なるほどな」

マキシは頷く。でも、「だが」という言葉が続いた。

「お前をこの先に行かせるわけにはいかない。なぜなら、お前は『馬鐘荘』の大家だからだ。大家を失うことは避けなくてはならない」

マキシの言葉にはっとする。

「そうですよ、メフィストさん！　メフィストさんが居なくなったら、誰に家賃を払えばいいんですか！　誰がご飯を作ってくれるんですか！　誰が、雑貨屋に来た女子高校生の相手をするんですか！」

「……カズハ君」

「メフィストさんは、『迎手』と『馬鐘荘』の秩序なんです。僕も加賀美も、……たぶん、マキシも、あなたを頼りにしてるんですよ！」

ちらっとマキシの方を窺《うかが》う。マキシは、「カズハの意見を肯定する」と頷いてくれた。

「……私が、秩序」

メフィストさんの顔から一切のふざけた表情が失せて、ただただ、驚きだけが残っていた。

「悪魔の私が、秩序ねぇ。なんとまあ、皮肉なことでしょう」

左右非対称に笑う。いびつな笑みだったけれど、少しばかり、嬉しそうに見えた。

「話はまとまったようだな」

マキシは、メフィストさんが持っていたマンホールの蓋をひょいと取り上げる。

「ま、マキシマム君？」

「俺が行く」

マキシは振り返りもせずに、ずかずかと扉の向こうへ往く。その頭上を、イナゴの最後の一群が通り過ぎて行った。

「ちょ、マキシ。メフィストさんの話を聞いてたよな？　戻ってこれないんだぞ！」

「だからこそ、俺がやる。俺は未来を変えなくてはいけない。そして、俺はそのために生まれてきた道具だ。問題はない」

「あるよ！」

マキシの前に立ちはだかる。「どけ」と素っ気なく言われた。

「ダメだ。マキシひとりじゃ行かせない」

「お前も来る気か。それはダメだ。俺は人間を守らなくては」

「『友達』だから、じゃなくて？」

「……」

沈黙。マキシはわずかに目を伏せた。

「カズハ。俺はアンドロイドだ。目的があって作られた道具だ。魂がない。心がない。友情は成立するのか？」

マキシは、苦悩しているように見えた。僕には、そんなマキシに魂や心が無いとは思えなかった。そもそも、魂や心って何だろう。

だけど、今はそんなことはどうでもいい。僕の答えはただ一つだ。

「する。機械だろうが生身だろうが、関係ない。友達になりたいと思ったら、もう、友達だよ」

「『友達』になりたいと思ったら、友達……」

「マキシは、僕と友達でいたい？　僕は、マキシと友達でいたい」

「俺は……、カズハと友達でいたい」

マキシはガラスのような瞳で僕を見つめる。僕も、精いっぱいの誠意を込めて見つめ返す。

「だから、行くのは二人だ」

「それは駄目だ。カズハも戻れなくなる」

「いや。マキシの機動力と破壊力があれば、息さえ合わせればなんとかなるって」

「俺は呼吸をしていない」

「た、タイミングを合わせれば！」

大真面目にツッコミをされたので、慌てて訂正する。

「ふむ。二人三脚ということですかね。カズハ君が穴を探し、マキシマム君はその間、水晶を破壊して帰り道を確保し、蓋をすると同時にマキシマム君がカズハ君を抱えてダッシュというところですかねぇ」

メフィストさんはさすがだ。たった一言で、僕の作戦を見抜いてしまった。

「そう。マキシのロケットパンチは強力だからさ。ただ、パンチ発射後は手動で回収しなきゃいけないのが欠点だ。でも、僕が蓋をする作業を担当すれば、マキシは片手が無くても問題ない」

「なるほど。理解した」

マキシは頷く。

「というわけで、善は急げ！　行こう、マキシ！」

「ああ」

「では、私は秩序として、カオルさんの手助けをしてきましょうかねぇ」

メフィストさんは天井を仰ぐ。この上では、加賀美が奮闘しているはずだ。

「ええ。お願いします」

「任せてください」

こうして、僕とマキシ、そして、メフィストさんは分かれる。

僕はマキシとともに水晶洞窟を往く。

水晶洞窟の中は、相変わらず、水晶の墓標に閉じ込められた恐竜たちが沈黙していた。僕らの生まれるはるか前に潰《つい》えた命と、こんな形で再会出来るとは思わなかった。

本当は一つ一つ眺めたい。だけど、今はそれどころではない。

灰はすっかり消えていた。すべて、アバドンとなってしまったんだろうか。

「件《くだん》の穴も、たぶん、魔法的なものだよな。やっぱり、マキシのセンサーには引っかからないのか？」

「魔法を想定して作られていない」

マキシはいささか気落ちしたようにも見えた。

「まあ、しかたないよな。まさか、魔法で穴を掘っていたら、災厄と呼ばれる怪物を目覚めさせちゃいました、なんて、誰も想像できないよ」

「フォローをしてくれるのか」

「事実だってば」

メフィストさんに倣《なら》って、肩をすくめてみせる。「その仕草はあまりよくない」と、マキシには不評だった。

「ねえ、マキシ」

「なんだ」

「……僕、さ。マキシに会えて、良かった」

「俺は、カズハに会えて良かった」

マキシはさらりと言ってのける。僕ばかりが照れくさがっているなんて、なんだかずるい。

「絶対に、帰ろうな」

「ああ」

マキシは深く頷いた。透明感のある瞳の奥に、決意が燃えているように見えた。

足元にもゴロゴロと転がる水晶を避け、奥へ、奥へと進む。まばゆい光は、ギラギラと僕らを焼く。マキシが影になるように立ってくれたけれど、四方八方から光がくるので厳しい。

しばらくすると、地面がすっかり見えなくなってしまった。左右も上下も、水晶に埋め尽くされる。水晶は逐一僕らを映し、まるで、鏡の世界にいるみたいだった。

「あっ！」

水晶柱の茂みの奥に、穴を見つけた。

地面にぽっかりと唐突に空いた、空虚な穴だった。底は見えない。ただ、暗黒だけが続いている。

冷えた気配がひしひしと伝わってくる。僕は、マンホールの蓋を抱え直した。

「マキシ、塞《ふさ》ぐぞ。退路の確保を頼んだ」

「了解した」

マキシは腕を構える。その右腕が飛び出すのと、僕がマンホールの蓋を取り付けようとしたのは、同時だった。

背後で、次々と水晶柱が倒れる音がする。貫かれ、崩れ、割れていく。死んだまま囚《とら》われていた恐竜たちの魂は、これで解放されるだろうか。

「マキシ！」

「退路は確保した」

「了解！　どっせぇ！」

穴に重ねていたマンホールを押し込む。がこっと音を立てて、マンホールはぴったりとはまった。

ズゥゥン、と地響きがする。場の空気が変わった。ほとんど動かなかった空気が、揺らぎ始めたのだ。

「カズハ！」

「マキシ！」

マキシは僕の手を摑み、走り出す。僕は引きずられるようにして駆ける。マキシのお蔭で、出口まで一直線だ。壊れた水晶の中に、恐竜の姿はなかった。逃げてしまったかのように、ぽっかりと空洞が出来ている。

景色が揺らぎ、水晶の森は薄らいでいく。地下世界が、現世と乖離《かいり》しようとしているのだ。

そんな中を、僕らはひた走る。地面が不安定だ。一歩踏み出せば、ぐにょりと歪《ゆが》んで沈下する。

「扉が……！」

壊れた扉が希薄になる。走っても間に合わないかもしれない。そう思った瞬間、マキシは僕の身体を持ち上げた。

「まさか……」

僕を放り投げようというのか。そしたら、マキシが残ることになってしまう。マキシを一人で残すなんて、有り得ない。

「待ってくれ、マキシ！」

しかし、マキシは僕を投げなかった。小脇に抱えたかと思うと、揺らぐ大地に踏ん張る。刹那、彼の両足から、ジェット噴射が解き放たれた。

「えええええっ！」

マキシは飛ぶ。僕を抱えて。

扉の近くに落ちていたマキシの腕を、手を伸ばして何とか回収する。そして、壊れた扉が消え失せる直前で、僕らは馬鐘荘の床に投げ出された。

「いててて……」

「大丈夫か、カズハ」

「う、うん……。まさか、あんな機能を隠し持っていたなんて……」

「噴射の時間も飛距離も短い。穴から一気に飛ぶのは不可能だ。万が一の時の、切り札だった」

「その切り札が大いに役に立ったようで、良かったよ」

僕は胸をなでおろす。あの真っ黒な扉は、無くなっていた。まるで最初から存在しなかったかのようだ。何もない部屋で二人、僕らはへたり込んでいた。

「そうだ。外、どうなったかな……」

「見に行こう」

マキシはすくっと立ち上がる。そして、すっかり力が抜けてしまった僕に、手を差し出してくれた。

「ありがとう」

「どういたしまして」

マキシは澄まし顔で僕をエスコートしてくれる。片腕は僕が抱えたままだったので、そっとはめてあげた。以前、マキシがはめていたのを見て、コツは摑んでいた。

僕らは、長い長い階段を登る。あっちこっちに、アバドンが通った跡が残されていた。壁は傷つき、小さな穴も開いていた。雑貨屋もひどかった。綺麗に陳列されていたはずの小物があちらこちらに散らばっていて、窓が割られている。アバドンは、地上に出てしまったのだ。

「怪我人はいなかったようだな」

そう、怪我をして呻《うめ》いている人は見かけなかった。加賀美とメフィストさんが、住民をうまく誘導してくれたんだろう。

雑貨屋の扉を開き、外に出る。そこには、メフィストさんと加賀美がいた。その背後には、アパートに住んでいた人たちがいた。大庭《おおば》さんもいる。みんな、茫然として立ち尽くしていた。

「あっ、葛城、マキシさん！」

加賀美がよれよれになったツインテールを振りながら駆けてくる。ニーソックスも左右の高さが違ってしまって、ひどい有様だ。でも、彼の笑顔は綺麗だった。

「良かった。無事だったんだ！」

「うん。マキシのお蔭で」

「そちらの状況は？」

マキシが問うと、メフィストさんは空を見上げる。

「アバドンは外に出てしまいましたが、早く蓋をしてくれたお蔭で、拡散する前に消滅しましてね。外の被害は御座いません」

　ほら、とメフィストさんが空を指す。

「わぁ……」と僕は声を上げてしまった。

　空を覆っていた暗雲の切れ目から、光が差していた。いつの間にか夜が明けて、朝になっていた。その光に押しのけられるようにして、暗雲が退いていく。

「やれやれ。ヤコブの梯子《はしご》ですか」

「ヤコブの梯子は薄明光線。山頂に巨人が現れても、それは神ではなくてブロッケン現象だ」

　メフィストさんの隣で、マキシは大真面目な顔で言った。

「なんです、それ」

「俺の製作者が言っていた。製作者の知り合いが、口癖のようにそう言っていたらしい」

「身も蓋もないなぁ」と僕はぼやく。

　西池袋の雑居ビルばかりの空に、虹がかかっていた。とても大きな虹だった。それも自然現象のひとつかもしれないけれど、それを見ていると妙に安心できた。もう、災厄は去ったのだという確信が胸に宿る。

「くるっくるぅ」

聞き覚えのある声が聞こえた。上空からだ。

「タマ！」

加賀美が空を見上げる。すると、丸まったタマが、彼の腕の中に降ってきたではないか。もふっという音とともに、タマは加賀美に抱かれる。

「タマ、無事だったのか……！」

「くるるぅ」

タマはふんふんと加賀美の匂いを嗅《か》いだかと思うと、懐かしそうにすり寄った。加賀美もまた、タマに思いっきり頬ずりをする。

「よかった……。無事でよかった……」

「やれやれ。無事でよかったのはいいのですが、タマさんの親探しのことをすっかり忘れていましたねぇ。彼があの地層からやって来た理由も分かっていませんし。……少々、考えますか」

メフィストさんは困ったように笑った。

「いっそのこと、この時代に居ついちゃってもいい気もするけどな」

加賀美はタマを抱きしめながら言う。

「でも、成長したらもっと大きくなるんだろ？　そんな時は、思いっきり走れるような場所の方がいいんじゃないか？」

「だったら。ぼくが物凄く稼いで、土地を買う。そこで、タマを思いっきり走らせるんだ」

加賀美は無い胸を張る。でも、彼ならやってのけそうな気がした。

「……カズハ」

マキシが僕の名を呼ぶ。振り返ると、彼は少し離れたところで佇んでいた。

「どうしたんだ、マキシ」

「俺もあるべき場所へ戻ろうと思う。未来の危機は、去ったのだから」

「あっ……」

そうだ。アバドンを封印した今、マキシの未来で起こっていた災厄は、僕らの未来に齎《もたら》されないこととなった。つまり、マキシの歴史を変えるというミッションは果たされたのだ。

「マキシ、お別れなのか……？」

「ああ」

「ぼくは、寂しいな」

加賀美もしょんぼりとしている。「仕方がないことだ」とマキシは答えた。

「あなたがいると、力仕事や荒業がはかどるので、ぜひとも、残って頂きたいのですがねぇ」

「俺はお前の道具じゃない」

メフィストさんには冷たかった。それでも、少しだけ口調が柔らかいような気がしたので、マキシなりの冗談だったのかもしれない。

「ま、なんにせよ、あなたは契約に縛られませんからね。私はどうこう出来ませんし」

「人に作られたものだからな」

「ええ。人の善意に作られた、善の道具です。積んだ業を破壊し、未来を切り開く鍵です。あなたは多くの人に必要とされることでしょうね。羨《うらや》ましいことです」

「羨ましい？」

メフィストさんの言葉に、マキシは驚いたように目を瞬《しばた》かせる。

「ええ。私だって、蛇蝎《だかつ》のように嫌われたいわけじゃあないんですよ。出来ることなら必要とされたいし、好かれたい。ま、悪魔という立場では無理な話ですが」

メフィストさんはへらへらと笑う。

「でも、『迎手』と『馬鐘荘』では、私もそれなりに好かれているらしいですからねぇ。悪魔としてではなく、店主や大家として、本来とは違った有意義な時間を過ごしますとも。なので、マキシマム君もお元気で」

「長い別れの挨拶だったな」

「お喋りは私の個性ですから」

「ありがとう」

マキシはメフィストさんに、そして、僕らに礼を言う。それは優しく、あたたかい響きだった。

「マキシ、また会おうな！」

僕は、去りゆくマキシの背中に叫ぶ。またなんて、あるかも分からないのに。

「アイル・ビー・バック」

マキシは手を振ってくれた。また会ってくれるということなのか、猫型ロボットのノリで教わった言葉なのかは分からない。「マキシのキャラでその挨拶は、色々とギリギリかな！」と叫び返した。

「……マキシさん、向こうで褒められるかな」

タマを抱きながら、加賀美が言う。

「勿論さ。災厄を打ち砕いたんだから」

「マキシさん、向こうで元気にやるかな」

「ああ。戦争が起きてたんなら、復興活動とか人命救助とか、マキシがやれることはたくさんある」

「……そっか」

そう。メフィストさんが言うように、マキシは必要とされるものだ。それが、友人として誇らしい。ただ、居なくなってしまうのは、寂しくもあるけれど。

建物が密集する西池袋の街の中、マキシの背中は徐々に小さくなる。忘れまいとして、その姿を目に焼き付ける。折角だから、写真の一枚でも撮っておけばよかった。

しかし、消えそうだった背中は立ち止まった。そのまま踵を返し、のしのしとこちらにやってくる。

「あ、あれ？」

「どうしたの、マキシさん」

マキシは真っ直ぐとこっちに戻ってきた。そして、大真面目にこう言った。

「元の時代に戻るには、どうすればいい」

僕らは顔を見合わせる。思わず、脱力しそうになった。

「はいはーい」

メフィストさんがぱんぱんと手を叩く。

「困ったイナゴ軍団のせいで、アパートと雑貨屋が無茶苦茶ですからね。皆さんで復旧させましょうか。自分の部屋の前の廊下はご自分で、それが終わったら、階段を、それが終わったら、雑貨屋の方をお願いします。さ、さ、皆さん。朝食前には片付けちゃいましょうねぇ！」

メフィストさんは僕らの尻を叩くようにして、強引に中へと押し込める。そして、マキシに向かってこう言った。

「マキシマム君は、力仕事が必要そうなところに向かってください。あなたが手伝ってくれると百人力ですからねぇ」

「しかし、俺は……」

「はいはい。あなたも入った、入った」

メフィストさんはぐいぐいと背中を押す。でも、マキシは重いのでびくともしない。

「マキシ」

「……カズハ」

「行こう。きっとマキシは、まだここに居るべきなんだ」

僕はマキシに手を差し伸べる。しばらく、それをじっと見つめていたが、やがて、マキシはその手を取った。

「そうだな。ターニングポイントは、あれだけではないかもしれない」

マキシは歩き出す。遠くからは、聞き覚えのある声が聞こえた。

「おーい、こっちに手を貸してくれ！　手伝ってくれたら、アンモナイトパンをやるぞ！」

「あっ、インディ教授だ。マキシ、行こう。あの人のアンモナイトパン、面白いんだよ！」

僕はマキシの手をひく。相変わらず、ヒンヤリとしていて硬かったけれど、その手は、とても頼もしかった。

太陽の光に照らされて、池袋の街がぽつぽつと目覚め始める。今日も厳しい真夏日になりそうだ。まあ、地下にあるアパートは、カンカン照りであろうと、雨が降ったり風が吹いたりしようとも、関係ないけれど。

何処までも澄み渡った青空と、呆れるほどに白い雲を眺めながら、僕は再び地下に潜ったのであった。

本書は、書き下ろしです。

地底《ちてい》アパート入居者募集中《にゅうきょしゃぼしゅうちゅう》！

蒼月《あおつき》 海里《かいり》

2016年7月5日初版発行

発行者……………長谷川 均

発行所……………株式会社ポプラ社

〒160-8565 東京都新宿区大京町22-1

電話……………03-3357-2212(営業)

03-3357-2305(編集)

振替……………00140-3-149271

フォーマットデザイン 荻窪裕司(bee's knees)

組版・校閲 株式会社鷗来堂

印刷・製本 凸版印刷株式会社

ポプラ文庫ピュアフル

ホームページ http://www.poplar.co.jp/ippan/bunko/

N.D.C.913/268p/15cm

ISBN978-4-591-15084-9

妖精が見える日本人大学生カイ
雰囲気満点の英国ファンタジー

深沢 仁
『英国幻視の少年たち
ファンタズニック』

装画：ハルカゼ

日本人の大学生皆川海（カイ）は、イギリスに留学し、ウィッツバリーという街に住む叔母の家に居候している。死んだ人の霊が見える目を持つカイはそこで、妖精に遭遇。英国特別幻想取締局の一員であるランスという青年と知り合う。大学の構内で頻繁に貧血で倒れているランスをかまううちに、カイは次第に、幻想事件〝ファンタズニック〟に巻き込まれていく――。

英国の雰囲気豊かに描かれる学園ファンタジー第1巻！

虚弱体質少年と、新型吸血鬼たちの
ユニーク・ハートフルストーリー！

佐々木禎子
『ばんぱいやのパフェ屋さん
「マジックアワー」へようこそ』

装画：栄太

四月はまだ寒い北の都札幌。中学生になった高萩音斗は、小学校時代から「ドミノ」と呼ばれてからかわれるほどすぐ倒れてしまう貧血・虚弱体質に悩んでいた。そんな彼を助けるために両親が連絡をとった遠縁の親戚たちは、ものすごく変わった人たちだった！　商店街にパフェバーをオープンした彼らのもとで、音斗は次第に強さと自分の居場所を見つけていく。

ユニークな世界に笑い、音斗くんの頑張りや恋心にほろりとするハートフルストーリー！